주름 잡는 아이

초판 1쇄 인쇄 | 2024년 12월 16일
초판 1쇄 발행 | 2024년 12월 23일

글쓴이 | 이연수
그린이 | 김윤경

펴낸이 | 오세기
펴낸곳 | 도담소리
주   소 | 경기도 고양시 덕양구 꽃마을로 34, 1416호 (DMC 스타팰리스)
전   화 | 02) 3159-8906
팩   스 | 02) 3159-8905
이메일 | daposk@hanmail.net

편집디자인 : 공간디앤피

등록번호 | 제2017-000040호
ISBN 979-11-90295-43-7   73810

ⓒ 이연수, 2024

※ 본 도서는 구상선생기념사업회 창작지원금 일부로 제작되었습니다.

주름 잡는 아이

글 이연수
그림 김윤경

도담소리

샛강을 걸었어요. 강물이 불었다 빠져나간 자리는 진흙투성이였 지요. 물가에 뿌옇게 흙먼지를 덮어쓴 키 작은 나무들과 풀잎들이 안타까웠답니다.

그때 문득 말라버린 진흙더미에서 풀 한 포기를 발견했어요. 여 린 줄기는 유난히 짙은 초록빛이었지요.

"얼마나 힘들었니? 굳은 흙을 뚫고 나왔구나. 장하다, 장해!"

그리고 "너는 어떤 꿈을 꾸며 이렇게 세상에 나왔니?" 하고 묻고 싶었어요. 우리 모두에게 소중한 꿈과 소망을…….

금성이는 어떤 꿈을 이룰까요? 금성이를 만나 보면 꿈이 무엇인 지, 소망은 무엇인지 알 수 있을까요?

통이는 그 자리에서 끝까지 행복한 꿈을 지킬 수 있으면 좋겠습 니다. 여러분도 가로등 같은 친구를 갖고 싶지요?

가만, 어디선가 사랑받은 팽나무가 크게 웃는 소리가 들리는 거 같아요. 행복한 웃음소리, 그리고 은은한 향내까지도 느껴지네요.

맞아요! 지금도 공주병 엄마는 또 다른 딸을 보살피며 행복을 찾 고 있을지 몰라요. 아빠를 독차지하고 싶은 새별이. 사실 새별이의 소망은 아빠가 행복해지는 거랍니다.

두 눈을 살며시 감아요. 파도 소리가 들려오지요? 돌고래는 깊고 푸른 바다를 헤엄치고 있어요. 분명히 그리운 엄마도 만났을 거예요.

가족을 지키느라 애쓰는 아빠를 위해 진우처럼 아빠 등에 튼튼한 날개를 달아 주는 건 어때요? 집집마다 정다운 웃음소리가 끊이질 않겠지요.

저 하늘의 별처럼 아름답고 해님처럼 타오르고 싶다면 나팔꽃과 해바라기에게 물어보세요. 세상은 나 홀로 살아갈 수 없는 거라고 귓속말을 해 줄 것 같지요?

지금도 애순 할머니와 박 영감, 메리와 덕구는 그들만의 꿈을 이루며 행복하게 살고 있을 거예요.

이렇듯 서로를 지켜 주는 꿈, 가슴이 따뜻해지는 꿈, 가족을 위하고 이웃을 돌아보는 꿈, 세계로 뻗어 나가는 당찬 꿈들이 매일매일 우리를 기다리고 있답니다.

어린이 여러분, 꿈꿀 준비가 되었나요? 그래요. '주름잡는 아이'가 되어 보아요.

새로운 날을 기다리며
이연수 올림

5

주름 잡는 아이

　해님이 활짝 웃는 날이면 세탁을 마친 옷들이 길가로 나온다. 세탁소 유리문 옆으로 줄지어서 햇살과 솔솔바람을 맞는다. 하늘거리는 블라우스와 신사 재킷, 겨우내 입었던 외투도 보인다. 바로 사거리 모퉁이에 있는 단골 세탁소 풍경이다.

　금성이는 열흘에 한 번쯤 엄마와 세탁소를 찾는다. 세탁소 할아버지는 빽빽하게 걸려 있는 옷을 헤집어 잘 다려진 양복 윗도리와 바지를 찾아 준다. 번개처럼 빠른 손놀림이다.

　"금성아, 세탁소 가자."

　엄마 말이 떨어지기 무섭게 금성이는 운동화를 신고 앞장섰다. 그럴 때면 세탁소 할아버지의 빙그레 웃는 얼굴이 떠오른다. 할아버지는 젊었을 때 "세탁, 세탁" 하며 동네를 돌았지만, 지금은 그 일을 하지 않는다.

　"여든이요? 오랫동안 일을 하셔서 그런지 젊어 보이세요."

　처음 세탁소에 간 날, 엄마는 할아버지의 나이를 물어보고
는 두 눈이 휘둥그레졌다. 할아버지는 한쪽 벽에 붙어 있는 낡
은 미싱을 눈으로 가리키며 재작년 겨울에 세상을 떠난 할머
니 이야기를 들려주었다.

　"일을 그만둘까 생각도 했지만, 여기서 40년 넘게 함께했는
데 차마 떠날 수 없었지요. 지금도 혼자 있으면 덜덜거리는 미
싱 소리가 들리는 것 같다우."

　할아버지가 퍼지는 스팀 열기 속에서 금성이를 바라보며 싱
긋 웃어 주었다.

오늘은 비바람이 세찼다. 금성이는 두 손으로 머리를 감싸고 세탁소 안으로 뛰어들었다. 학교 수업을 마치고 집으로 가기 전에 한 번씩 들르기도 했지만, 지금은 비가 너무 많이 와서다.

"어서 오렴. 거참, 일기예보는 믿을 게 못되는구나. 멀쩡하던 하늘에서 이렇게 소낙비가 쏟아지니 말이다."

할아버지는 깨끗한 수건으로 금성이의 젖은 머리를 털어 주었다. 그리고 따뜻한 코코아 한 잔을 가져다주었다.

"감기 걸릴까 봐 걱정되는구나. 어서 마시렴."

코코아를 한 모금 마셨더니 떨리던 몸이 금방 따뜻해졌다.

"금성아, 엄마한테 문자 보냈으니까 곧 데리러 올 거야."

하지만 어떻게 된 건지 연락이 되지 않았다.

'엄마는 이렇게 비가 오는데, 어디를 가셨지?'

창문을 때리며 떨어지는 빗줄기는 시냇물이 세차게 흘러내려 가는 것 같았다.

"우르릉, 꽝! 꽝!"

갑자기 천둥소리와 함께 번개가 내리쳤다. 금성이는 할아버지가 커피를 마시며 쉬는 낡은 의자에서 꼼짝하지 않았다.

"정말 의젓하구나!"

할아버지는 엄지손가락을 척 들어 올리며 금성이에게 다가
왔다. 순간 또다시 번개가 쳤다. 금성이는 자기도 모르게 얼른
할아버지 품에 안겼다.

세탁 할아버지는 다시 다림질을 시작했다. 다리미에 붙은
분무기로 물을 칙칙 뿌리고 다림질을 하는데 두 어깨가 울뚝
불뚝했다.

다리미는 마치 살아 있는 생물처럼 '스싹 스싹 스싹' 주름
을 펴고 옷 모양새를 말끔하게 만들었다. 다리미는 할아버지
의 손에서 세상의 모든 주름을 망설임 없이 펴내는 것 같았다.

금성이의 마음속에 있던 불안의 주름도 펴졌다.

그때 엄마가 급히 세탁소로 들어섰다.

"아들, 많이 기다렸지?"

엄마는 할아버지에게 연거푸 고맙다며 인사를 하고는 금성이를 앞세워 나왔다. 일회용 비닐우산 위로 비는 여전히 내렸다. 금성이는 골목길로 접어들기 전에 뒤를 돌아보았다. 할아버지가 세탁소 유리창 안에서 금성이를 지켜보고 있었다.

아빠는 퇴근하면서 통닭을 사 들고 집에 와 있었다.

"축하해. 재취업에 성공했어. 그 요양병원은 규모도 크고 평판도 좋더라고. 특히 치매 노인을 돌보는 전문병원이래. 정말 잘됐어."

아빠는 엄마를 보며 껄껄 웃었다.

금성이는 두 눈을 동그랗게 뜨고 물었다.

"엄마, 취직했어요?"

엄마는 두 팔을 벌려 금성이를 꼭 안았다.

"응. 합격 통지 받고 서류가 빠진 게 있다고 해서 급하게 병원 다녀오는 길이었어. 미리 말하지 못해서 미안해. 앞으로 엄마 많이 도와줘야 해?"

금성이는 미소를 지으며 고개를 주억거렸다. 아빠가 한쪽 눈을 살짝 감으며 장난스럽게 말했다.

"엄마는 월급도 많이 받는다."

"우와, 진짜요?"

아빠는 웃음 띤 얼굴로 금성이에게 닭 다리를 쥐여 주며 물었다.

"우리 아들은 이다음에 뭐가 되고 싶어? 꿈이 뭐야?"

아빠는 자동차 만드는 회사 과장님이다. 하지만 자유로운 일을 하는 사람들이 근사해 보이고 개인사업을 하는 게 부럽다고 했다. 며칠 전에는 온몸이 파김치가 되어 돌아왔다.

"직장인들은 노예나 다름없어."

아빠는 길게 한숨을 내쉬며 넋두리를 했었다.

엄마는 금성이를 바라보며 담뿍 미소를 지었다.

"우리 금성이는 꿈이 얼마나 훌륭한데!"

엄마를 위한 축하 파티를 하던 중이었는데, 갑자기 '금성이의 꿈'이 화제가 되었다.

"꿈은요, 내 꿈은요……."

금성이는 의젓하고 신중한 표정으로 입을 열었다.

"세탁소 주인요. 그래서 세탁소 할아버지처럼 최고로 완벽

하게 다림질을 할래요. 할아버지가 그러는데요, 다림질만 잘
해도 먹고 산대요."

순간 아빠의 얼굴에 웃음기가 가셨다. 엄마는 닭뼈를 바르
다 멈칫했다. 순간적으로 머쓱해진 공기를 바꾸려 하는지 호
호 웃으며 되물었다.

"세탁소?"

"네, 저는 다림질의 달인이 될래요!"

엄마는 몸이 건강한 게 가장 중요하고 자신이 행복한 일을
하면 된다고 말한 적이 있다. 그런데 지금은 당황해서 어쩔 줄
몰라 했다.

"아들! 무슨 엉뚱한 소리를 하는 거야?"

엄마는 아빠 들으란 듯 목소리를 높였다.

"금성이 꿈은 아픈 동물 치료해 주는 수의사잖아?"

아빠는 저녁 내내 찜찜한 표정이었다.

오늘도 금성이는 세탁소에 들렀다. 창문으로 들어온 햇살을
받아 다리미가 빛났다.

할아버지가 다림질을 했다. 좁다란 작업대 위에 옷을 펼쳐
놓고 다리미를 일정하게 민다.

그 모습에 정성이 묻어났다. 각이 진 알통 붙은 팔이 시계추처럼 움직였다. 왼손과 오른손이 바쁘게 움직이면서 주름살 펴진 옷이 찰랑거렸다. 그리고 말끔해진 옷을 옷걸이에 척 걸었다.

금성이는 감탄하여 소리쳤다.

"할아버지, 진짜 멋져요!"

"허허허…… 멋있긴! 하여튼 고맙구나. 허허허…… 근데 집에 안 가도 되니?"

"오늘은 수학 문제집 석 장만 풀면 되거든요. 엄마는 조금 늦게 온대요. 할아버지, 저 여기 좀 더 있어도 되죠?"

"그럼, 되고말고. 금성이 덕분에 할애비는 정말 즐겁구나."

그런데 갑자기 세탁 할아버지 얼굴이 땅거미가 지듯 우울해졌다.

"자식 놈들은 별일 없는지……."

"할아버지, 궁금하면 전화해 보세요."

"전화는 무슨, 사는 게 바쁘니까 연락을 못 하겠지. 손주 녀석들 얼굴 본 지가 언제인지 기억도 안 나는구나."

금성이는 할아버지가 혼자 라면만 끓여 먹는 게 불쌍했다. 엄마는 라면이 먹고 싶다고 졸라야만 끓여 주었다.

요즘 엄마는 피곤해서인지 예전처럼 활짝 웃지를 않았다. 문득 며칠째 빨랫줄에 걸려 있는 초록색 블라우스가 떠올랐다.

엄마는 퇴근해서 집안일도 해야 하고 금성이 공부를 봐 줘야 했다. 주말에는 밀린 일을 하느라 눈코 뜰 새 없이 바빴다.

아빠는 회사 일이 많아서 약속대로 엄마 일을 잘 도와주지 못했다.

"다림질해 놓으면 하늘하늘한 게 정말 예쁠 거야."

다림질은 날마다 눈여겨본 터라 자신 있었다. 금성이는 벌떡 일어나 집으로 달렸다. 한 손은 허공에서 쓱쓱 다림질 흉내를 내고 있었다.

'내일 출근할 때 초록색 블라우스를 입겠지?'

금성이는 다림질할 생각에 마음이 설레었다.

"'우리 아들이 다려 준 거랍니다. 솜씨가 좋죠?' 이렇게 만나는 사람들에게 자랑을 늘어놓을 거야."

하지만 퇴근해 들어온 엄마는 너무 놀라 두 손을 부들부들 떨었다.

허옇게 질린 얼굴로 금성이를 바라보았다.

"데인 곳은 없어? 괜찮아?"

거실 바닥에는 등판에 시커먼 자국이 생기고 가장자리가 녹아 버린 초록색 블라우스가 널브러져 있었다.

다리미 바닥에는 초록 천 조각이 눌러붙었다. 엄마가 다리미에 붙어서 연기가 나는 블라우스를 보고 전기 코드를 뺐기에 망정이지 하마터면 거실 바닥까지 녹을 뻔했다.

그때 아빠가 현관문을 열었다.

"이게 무슨 냄새야! 뭘 태웠어?"

거실에 들어선 아빠의 두 눈이 휘둥그레졌다.

이윽고 얼굴이 무섭게 일그러졌다. 아빠의 목소리에 화가 잔뜩 묻어 있었다.

"누가 이런 위험한 짓을 하라고 했어. 하마터면 불날 뻔했잖아?"

금성이는 다시는 다리미에 손대지 않겠다는 약속을 하고 난 후 잠자리에 들 수 있었다. 하지만 끝이 아니었다. 밤이 늦도록 아빠와 엄마가 가만가만 말다툼하는 소리가 들렸다. 금성이는 자신의 실수가 너무나 창피했다.

'어떻게 하면 다림질을 잘할 수 있을까?'

그러자 세탁소 할아버지의 목소리가 귓가에 쟁쟁거렸다.

"세상에 쉬운 게 있는 줄 아냐. 그래도 걱정하지 마라. 특별히 내가 가르쳐 줄게."

다음 날 금성이는 학교 수업을 마치자마자 재빨리 뛰었다. 세탁소 유리문을 힘차게 열고 들어섰다. 하룻밤 새 정말 하고 싶은 말이 많았다.

"할아버지!"

"……."

세탁소 할아버지가 무뚝뚝한 얼굴로 다림질을 멈추었다. 전에 없던 냉정한 얼굴이었다. 금성이는 걱정이 앞섰다.

"할아버지, 어디 아프셔요?"

"……."

할아버지의 얼굴이 씰룩거렸다. 슬그머니 고개를 돌리며 두 눈을 마주치려 하지 않았다. 이미 두 눈 가장자리가 뻘겋게 되어 있었다.

할아버지는 억지로 목을 길게 빼서 목젖을 크게 움직여 침을 꿀꺽 삼키더니, 벌컥 소리를 질렀다.

"에이, 귀찮아!"

"할아버지 화났어요?"

"그래! 왜 자꾸 오는 거냐? 너 때문에 성가셔서 일을 못 하잖니."

"갑자기 왜 그러세요?"

"네가 귀찮으니까 그렇지. 다시는 오지 마라. 학교 끝나면 곧장 집으로 가거라, 알았지? 아, 어서 가!"

금성이는 얼굴이 빨개졌다.

"할아버지, 진짜 나빠요!"

금성이가 노여워서 눈물을 참으며 돌아서는데 세탁 할아버지의 목소리가 급하게 따라왔다.

"훌륭한 사람이 얼마나 많은데, 꿈이 겨우 '세탁소집 주인'이냐. 의사도 있고, 판사, 검사, 과학자…… 좀 많아?"

금성이가 확 유리문을 밀고 나오는데 쩌렁쩌렁한 목소리가 또 귓가를 때렸다.

"앞으로 다리미 같은 거, 절대 만지지 마!"

금성이는 집까지 단숨에 뛰었다. 두 눈에서 굵은 눈물이 쉴 없이 흘러내렸다.

그 다음 날도 또 그 다음 날도 세탁소에는 가지 않았다. 유리창 안에서 세탁소 할아버지도 다림질만 했다.

어느새 세탁소에 발길을 끊은 지 한참이 지났다. 겨울방학이 코앞으로 다가왔다.

'방학 끝나면 2학년이잖아. 그 사실만 할아버지한테 알려 줄까?'

오늘도 금성이는 세탁소 앞을 지나갔다. 할아버지는 안 보이고 테이블 위에 물뿌리개와 다리미만 얌전히 세워져 있었다. 꼽아 보니 열흘은 비어 있는 것 같았다.

"쳇! 혼자서 좋은 곳으로 여행 가셨나 보다. 아니, 보고 싶은 손주를 만나러 갔는지도 몰라."

그때였다.

"너, 그 꼬마구나?"

아저씨는 세탁소 옆 핸드폰 매장 주인이라며 아는 척했다.

"갑자기 영감님이 급성으로 치매가 왔지 뭐냐. 너 치매가 뭔지 모르지?"

금성이는 놀라서 말했다.

"다시 아기로 돌아가는 거예요."

"허허! 이렇게 영특하니까 너를 예뻐했구나. 사실 할머니가 먼저 떠난 후 영감님은 웃음을 잃었어. 네가 드나들면서 영감님이 달라졌던 거야. 콧노래 부르며 너를 기다렸지. 지금도 그 모습이 눈에 선하구나. 그런데 갑자기 치매가 오다니, 거참 세상일을 모르겠구나."

"저, 정말이에요?"

"내가 왜 거짓말을 하겠니? 여러 자식이 있지만 치매 걸린 영감님을 돌봐줄 아들딸은 없다는구나."

금성이는 유리창에 매달려 세탁소 안을 들여다보았다. 할아버지가 "금성아!" 하고 부르는 것 같았다.

서쪽 하늘에 걸렸던 노을이 낡은 다리미에 내려앉았다.

다리미가 붉게 빛났다. 차갑게 식은 다리미가 울고 있는 것만 같았다.

'할아버지…….'

작은 가슴이 뼈아프게 저렸다. 금성이는 울음을 터트리며 골목길을 뛰어갔다.

'할아버지, 미워요! 진짜 미워요!'

행복을 담는 통이

서쪽 하늘이 다홍빛으로 물들었습니다. 가로등은 불 밝힐 준비를 하며 기지개를 켰습니다.

"노을은 언제 봐도 그리움이 흐르는 물결 같단 말이야."

쓰레기통에도 꽃잎 같은 노을이 내려앉았습니다. 하지만 심하게 녹슨 몸으로 온갖 쓰레기를 안고 있는 모습은 더 초라하게 보일 뿐입니다.

사실은 쓰레기통도 처음에는 티끌 하나 없이 빛나는 은색이었습니다. 거울처럼 깨끗했고 움직이는 모습은 날렵했습니다. 뚜껑 한쪽이 아래로 밀리며 우유갑이든 과자봉지든 쓰레기가 들어가는 순간이면 반대편은 경쾌하게 공중으로 솟구쳤습니다. 햇살이 좋을 때면 아주 찬란해 보였습니다.

'오늘은 유난히 쓰레기가 넘치는군. 아주 괴롭고 속상할 거야. 형편없는 제 모습이 부끄럽겠지.'

가로등은 쓰레기통이 가여웠습니다. 그 마음이 오죽할까 싶었습니다.

쓰레기통은 이 아파트 단지가 생길 때 함께 태어났습니다. 사람들은 녹슬어서 검고, 먼지와 때가 범벅인 쓰레기통을 한 번도 닦아 주지 않았습니다. 지금 저 모양인 건 순전히 사람들 탓입니다.

가로등은 쓰레기통이 자기 자신을 귀하게 여기도록 도와주고 싶었습니다. 마침 신호등이 초록으로 바뀔 때 좋은 생각이 떠올랐습니다.

"너도 이제부터 이름을 갖는 거야."

"이름이요?"

"그래. 이제부터 너를 그냥 '통'이라 부를게, 어때? 쓰레기를 빼니까 귀엽지?"

"좋아요! 헤헤…… 고맙습니다."

통이는 오랫동안 가로등을 볼 낯이 없었습니다. 주변에 다른 여러 가로등에는 계절이 바뀔 때마다 꽃 화분이 달렸습니다. 지금도 화려한 페츄니아 꽃이 탐스럽게 늘어져 은은한 향기로 감싸고 있지만, 운 나쁘게 자기 곁에 서 있는 가로등은 쓰레기를 함께 받는 처지입니다. 그 가로등이 '통'이라는 이름을 선물해 주었습니다.

어슴푸레 날이 어두워졌습니다. 힘들었던 하루를 토닥이는 것처럼 가로등 불빛은 햇솜처럼 통이를 안아주었습니다.

가로등 불빛이 더욱 환해졌습니다. 밤이 깊어 갔습니다. 편의점 앞에 '영어 전문'이라고 쓴 미니버스가 고꾸라질 듯 급히 멈추었습니다.

곧 요란하게 문이 열리면서 초등학생 두 명이 모습을 나타 냈습니다. 남자아이는 크게 하품을 하고는 구시렁거렸습니다.

"내일 영어경시대회 망칠 거 같아."

"넌 평소에도 열심히 하니까 시험 잘 칠 거야. 나야말로 점수 올리지 못하면 끝장이다. 좀 전에 학원에서 본 쪽지시험도 점 수가 좋지 않았거든."

"걱정 마. 너도 시험 잘 칠 거야."

친구가 손을 흔들며 사라졌습니다. 별이는 한숨이 절로 나왔습니다.

'난 정말 가수가 되고 싶은걸!'

거울을 보며 노래하고 춤추다 아버지에게 들킨 적이 여러 번입니다. 그럴 때마다 아버지는 참지 못하고 버럭 소리쳤습니다.

"당장 멈추지 못해. 내가 피가 거꾸로 솟는다. 열심히 공부해야 성공한다고 했지?"

별이는 시험지를 와락 움켜쥐어 쓰레기통에 쑤셔 넣었습니다. 그리고 암팡진 목소리로 말했습니다.

"나는 가수가 될 거예요. 꼭 성공해서 우리 가족 모두 호강시켜 줄 거란 말이에요. 앞으로 공부도 더 열심히 할게요. 아빠, 나를 믿어 주세요."

통이는 별이가 버린 시험지를 꼭꼭 담았습니다.

작은 별 한 개가 구름에 가려지며 부슬부슬 비가 내렸습니다. 쓸쓸한 밤거리에 흙냄새가 피어 올랐습니다.

어둠 속에서 한 청년이 나타났습니다. 그는 편의점 앞에서 걷는 것을 잃어버린 것처럼 오래도록 서 있었습니다.

하염없이 내리는 찬비는 청년의 두 어깨를 적셨습니다. 통이

도 가로등도 그를 알고 있습니다. 처량한 모습을 보니 이번에
도 취직시험에 불합격인가 봅니다.

그때 일이 벌어졌습니다.

"에잇!"

청년이 어금니를 꽉 물고는 통이를 향해 거칠게 발길질을
했습니다. 통이는 안간힘을 썼지만, 팍 고꾸라졌습니다.

담고 있던 쓰레기가 와그르르 쏟아졌습니다.

"통이야, 괜찮아?"

가로등은 놀라서 소리쳤습니다. 통이는 식은땀을 흘리며 간신히 몸을 바로 세웠습니다.

"괘, 괜찮아요."

"괜찮긴……! 화풀이를 왜 너에게 한단 말이냐?"

가로등은 통이를 안타깝게 바라보았습니다. 통이는 아무 말 없이 청년이 아파트 안으로 사라질 때까지 그 모습을 놓치지 않았습니다.

캄캄한 하늘에 구름이 빠르게 흘러갔습니다. 소리 없이 내리던 비가 그치고 새벽 그믐달이 얼굴을 내밀었습니다.

양복 차림새의 한 남자가 비에 젖어 터벅터벅 걸어왔습니다. 작은 회사에 다니는 박 과장입니다.

"으윽, 으…… 왜 이렇게 힘들지."

박 과장은 가슴이 아픈지 아니면 체해서 속이 메스꺼운지 숨을 몰아쉬었습니다. 가로등은 있는 힘을 다해 박 과장 주위를 밝혀 주었습니다. 턱에 걸려 넘어지기라도 하면 큰일이었습니다.

"쯧쯧…… 하루가 멀다 하고 술에 취해 오는군."

가로등은 알 수 없다는 듯 혼잣말을 했습니다. 하지만 통이는 박 과장이 왜 저렇게 힘들어 하는지 알고 있습니다. 며칠 전 아침 일찍, 버스정류장에서 박 과장은 누군가와 전화 통화를 했습니다.

"내가 책임을 져야 하거든. 그래, 부탁 좀 할게. 아내는 몰라. 갑자기 회사에 사표 냈다는 말을 어떻게 해. 그렇지. 곧 말은 해야 하겠지만 입이 안 떨어져서……."

박 과장은 초췌한 얼굴로 급히 아파트 뒷길로 사라졌습니다. 그때였습니다.

"으윽! 웩!"

박 과장이 덥칠 듯 통이에게 달려들어 음식물을 토해 냈습니다. 두 팔로 통이를 짓누르며 여러 번 헛구역질을 해 대고는 바닥에 털썩 주저앉았습니다. 그리고 휑한 눈으로 중얼거렸습니다.

"아빠는 별이를 위해 아무것도 해 줄 수 없어. 미안해. 정말 미안해, 별아!"

통이는 안타까워서 박 과장을 달랬습니다.

"별이가 얼마나 야무진데요. 속이 꽉 찼어요. 별이는 자신이 알아서 잘할 테니 걱정하지 마세요. 박 과장님, 몸은 괜찮아요? 집에 갈 수 있겠어요?"

　박 과장은 통이를 잡고 겨우 일어섰습니다. 그리고 휘적휘적 초록 불빛을 향해 걸어갔습니다. 가로등은 후덥지근하고도 비린 냄새 때문에 오만상을 찌푸리며 통이를 바라보았습니다.

　"쯧쯧쯧……."

　가로등은 사람들이 통이에게 함부로 구는 것을 숱하게 보았습니다. 씹던 껌을 붙이고 아무렇게나 빵 봉지를 던져 넣고 침을 뱉었습니다. 지저분한 것들을 되는 대로 집어 넣었습니다. 그래도 통이는 궂은 날이든 맑은 날이든 비바람이 불든 눈비가 오든 쉬지 않고 더러움을 받았습니다.

　오늘은 끔찍하게도 술 취한 사람의 토악질까지 받아 냈습니다. 가로등은 멋쩍게 말했습니다.

"토악질은 너무 했어, 그렇지?"

통이는 아무 말도 하지 않았습니다.

가로등은 답답했습니다.

"바보처럼. 너는 정말 네 모습을 볼 줄 몰라!"

그러자 통이는 오히려 가로등을 위로했습니다.

"언젠가 사람들이 나를 깨끗하게 해 줄 날이 오겠지요."

"뭐라고?"

가로등은 통이가 40년 넘는 동안 눈길 한번 안 주고 걸레질 한번 안 해 준 사람들 편을 들고 있다는 사실에 놀랐습니다.

"너는 참 대단해. 그렇게 더러운 것들로 속이 가득 차도 아무렇지 않니?"

통이는 해맑게 미소를 지었습니다.

"아무렇지도 않아요."

"어째서 아무렇지 않아?"

"사람들이 나에게 버리는 건 단지 쓰레기가 아녜요. 불행한 마음을 버리는 거예요."

"뭐? 불행한 마음?"

가로등은 그 말을 이해할 수 없어서 순간 불빛이 흐려졌습니다.

"쓰레기에는 사람들 마음이 담겨 있거든요."

가로등은 참을 수 없어서 벌컥 화를 냈습니다.

"도대체 무슨 말을 하는 거야. 쓰레기에 사람들 마음이 어쩌고 어째?"

"나 때문에 속상한 거 잘 알아요."

통이는 처음으로 자신의 속마음을 털어놓았습니다.

"오늘 별이가 버린 시험지는 열심히 공부하겠다는 각오를 하며 버린 거예요. 가수 꿈을 키우려면 공부도 열심히 해야 한다잖아요. 청년도 나에게 화풀이를 한 게 아니에요. 속상한 마음 그 답답함을 쏟아 낸 거예요. 앞으로 용기 내어 다시 도전하겠지요."

가로등은 따져 물었습니다.

"그럼 박 과장이 너에게 한 짓은? 정말 더러워! 아직도 냄새가 진동하는걸."

통이의 목소리는 맑고 부드러웠습니다.

"박 과장님은 지금 막막한 처지예요. 얼마나 힘들면 먹은 것을 소화도 못 시키겠어요. 몸속에 걱정이 쌓여서 꽉 막혀 버린 거지요. 그 가슴속을 시원하게 해 줘야 해요. 제가 그 걱정거리를 받아 낸 거예요."

파바바박! 파박 팟! 파박……

가로등은 왈칵 터진 눈물 때문에 자
신의 불빛이 꺼지는 줄 알았습니다.

정말 그 마음을 몰랐습니다.

통이는 비참한 마음으로 하루하
루를 견디고 견디는 줄 알았는데,

그게 아니었습니다. 사람들의 불행한 마음을 받아 내고 달래 주고 있었습니다.

가로등은 더럽고 초라한 통이를 바라보았습니다.

"참으로 대견하다. 너는 그 일을 오랫동안 잘 해냈어. 비록 몸은 녹슬었지만, 그 녹은 오랜 세월을 잘 버티며 성실히 일해 준 표시이기도 해. 언젠가 사람들은 너의 마음을 알게 될 거야."

가로등은 온 마음으로 통이를 안아주었습니다.

"너는 행복을 담는 통이야!"

통이는 가로등이 곁에 있어서 늘 든든했습니다. 그리고 오늘은 행복을 담는 통이 되었습니다.

"고마워요."

초여름 상쾌한 바람은 하나둘 꺼지는 가로등 사이를 지나 갔습니다. 행복을 담는 통이는 또다시 새 아침을 맞이했습니다. 저 하늘에 희망이 오듯 해님이 떠오르고 있었습니다.

공주병 엄마의 비밀

나래 엄마는 목소리를 차분하게 내려고 애썼습니다.

"요즘 가깝게 지내는 친구는 누구예요?"

"여전히 보리랑 찰떡처럼 붙어 다녀요. 아, 그러고 보니 보리네 집에 간다는 말을 들은 것도 같네요. 그래서 늦나 봐요. 어머니, 너무 걱정하지 마세요."

나래 엄마의 미간은 얇은 종잇장처럼 구겨졌습니다. 나래가 친구들을 배려하고 학교생활을 잘하고 있다는 담임선생님의 칭찬은 들리지 않았습니다. 서둘러 단톡방 비상 연락처에서 보리네 주소를 찾았습니다.

그때 보리는 할머니를 살펴보고 있었습니다. 할머니는 잠결에도 앓는 소리를 냈습니다. 보리는 그런 모습을 애처롭게 바라보다 흩어진 약봉지를 치웠습니다.

나래가 다정히 말했습니다.

"보리야, 많이 힘들지?"

"아냐. 할머니가 잘 걷지를 못해서 그게 걱정이 돼."

보리는 책상으로 나래를 끌더니 책꽂이에서 책 한 권을 빼 냈습니다. 책장을 넘기자 갈피에서 사진 한 장이 나왔습니다. 보리는 소중한 듯 사진을 내밀었습니다.

"우리 엄마야. 예쁘지?"

"응. 너, 엄마 많이 보고 싶지?"

나래는 아차 싶었습니다. 괜한 걸 물어보았다는 생각에 얼른 돌아섰습니다.

"그만 집에 가야겠다."

"벌써?"

"조금만 놀다 가려고 했어. 엄마한테 친구네 간다는 말도 하지 않았거든."

보리는 아쉬워 나래의 팔을 잡았습니다.

"밥 먹고 갈래?"

"밥도 할 줄 알아?"

"물론이지. 반찬도 만드는걸."

보리는 재빠르게 쌀을 씻어 밥솥에 안치고 취사 버튼을 눌렀습니다. 냉장고에서 두부를 꺼내고는 분주하게 손을 놀렸습니다. 보리가 허리를 펴자, 나래는 토닥토닥 등을 두들겨 주었습니다.

두부찌개가 바글바글 끓었습니다. 나래는 국물 맛을 보고는 엄지손가락을 척 올렸습니다. 보리의 얼굴이 환해졌습니다. 그때 딩동딩동 초인종이 울렸습니다.

"계세요? 보리네 집인가요?"

"어? 우리 엄마 목소리야."

나래는 급히 현관문을 열었습니다. 나래 엄마는 잃어버린 딸을 찾은 것처럼 와락 나래를 끌어안았습니다.

"친구네 집에 가고 싶으면 말을 하고 가야지. 연락은 왜 안 했어. 핸드폰은?"

"엄마, 어제 충전시키는 걸 깜빡했어요."

나래 엄마 서슬에 놀란 보리는 기가 죽어 우물거렸습니다.

"죄, 죄송해요. 우리 집 전화기가 고장이 났거든요."

방에서 인기척이 났습니다. 보리 할머니는 허리를 쓰지 못해 맥없이 방 벽에 기대어 앉아 있었습니다.

"우리 사는 게 이렇게 누추합니다."

"별말씀을 다 하세요. 손녀 생각해서 어서 털고 일어나세요."

나래 엄마는 서둘러 보리네 집을 나왔습니다.

무겁고 우울한 그림자를 떨쳐 버리듯 발걸음을 빨리했습니다. 나래 손을 꼭 쥐고 걷는 엄마의 얼굴은 미세먼지가 막을 쳐 놓은 듯 흐렸습니다. 하늘을 붉게 적신 노을은 슬픈 바다처럼 출렁거렸습니다.

며칠이 지났습니다. 엄마는 나래의 찰랑거리는 머리에 꽃핀을 꽂아 주며 지나가는 말처럼 물었습니다.

"보리도 오니?"

"그럼요. 꼭 와야 한다고 한 걸요."

"나는 그 아이 별로야."

"얼마나 착하다고요. 어른 같아요. 밥은 또 얼마나 잘……."

"이러다 학교 늦겠다. 어서 서둘러!"

엄마는 나래의 말을 잘랐습니다.

잠시 후 엄마는 근처에 있는 마트를 다녀오다가 아파트 주차장 앞에서 철수 엄마와 맞닥뜨렸습니다. 맵시 있게 차려입은 철수 엄마는 검은색 선글라스를 벗으며 반가워했습니다.

"며칠 전에 산더미처럼 배달시키더니 그 꾸러미들은 다 뭐예요? 뭘 또 사다 날라요?"

"별거 아니에요."

"우리 철수는 나래에게 줄 선물을 가지고 며칠을 고민했잖아요."

"어머, 철수가 그랬어요?"

나래 엄마는 행복한 듯 웃음을 터트렸습니다.

뻐꾸기시계가 '뻐꾹' 12시를 알렸습니다.

나래가 반 친구들을 몰고 들어왔습니다. 생일상에는 먹음직스러운 음식이 가득했습니다. 생일 축하 노래와 폭죽이 터지고, 왁자지껄하며 잔치가 끝났습니다. 아이들은 신나서 놀이터로 뛰어나갔습니다.

나래 엄마가 거실에 펴 놓은 상을 치울 때였습니다. 살그머니 현관문이 열리며 보리가 들어왔습니다.

"화장실 가려고?"

보리는 고개를 저으며 살갑게 말했습니다.

"설거지 도와 드릴게요."

"설거지는 네가 걱정 안 해도 된다. 어서 놀이터에 가 봐라."

보리는 우물쭈물했습니다. 눈길은 슬며시 식탁에 옮겨 놓은 음식들에 가 있었습니다.

나래 엄마는 생각할 겨를도 없이 마음 깊숙이 묻어 놓았던 묵직한 덩어리가 빠져나왔습니다.

"나가라니까! 나가! 너도 어서 밖에 나가서 놀아."

그만 비명을 지르듯 날카롭게 몰아쳤습니다. 보리가 놀라서 얼어붙자, 너무 냉정하게 대했나 얼른 후회되었습니다.

나래 엄마는 잠깐 흥분했던 마음을 추스르며 돌아선 보리를 불러 세웠습니다.

"저녁 먹고 갈래?"

"아니에요. 할머니 밥 차려 드려야 해요."

나래 엄마는 보리의 왜소한 뒷모습을 보며 표정이 더욱 싸늘해졌습니다. 두 손으로는 레이스가 겹겹이 달린 분홍색 앞치마를 꽉 움켜잡았습니다.

그 후 엄마는 나래가 학교에서 돌아오면 하루 있었던 일을 꼬치꼬치 캐물었습니다.

오늘 나래는 아침밥을 먹는 둥 마는 둥 하며 유난히 서둘렀습니다.

"보리랑 신호등 앞에서 만나기로 했는데, 이러다 늦겠다."

"뭐? 또 보리야?"

엄마는 꼭 마음에 담아 두고 있다가 말하는 것 같았습니다.

"앞으로 보리랑 붙어 다니지 않는 게 좋겠어."

나래는 욱 하여 목구멍에서 나오는 소리로 대꾸했습니다.

"왜요? 나는 보리가 좋단 말이에요."

"너는 왜 하필 그런 아이가 좋다고 하니?"

나래는 빤히 엄마 얼굴을 쳐다보며 대꾸했습니다.

"그런 아이가 뭐요? 보리가 뭐가 어때서요?"

"버르장머리 없이 왜 이렇게 대들어?"

엄마는 매섭게 쏘아붙였습니다. 그러자 그만 나래는 자물쇠가 채워진 궤짝을 열 듯 마음에 담고 있었던 말을 쏟아내고 말았습니다.

"엄마는 공주병이야. 겉으로만 착한 척하는 이중인격자. 부잣집 아이들만 좋아하잖아."

"얘가……?"

엄마는 얼굴이 벌게져 입을 다물었습니다.

며칠이 지났습니다. 둘은 여전히 서먹서먹했습니다.

엄마는 나래를 물끄러미 바라보다 다정히 말을 걸었습니다.

"학교에서는 별일 없었지?"

"……."

"우리 딸이 아직도 화가 많이 났네."

엄마는 살갑게 안으려 했지만 나래는 확 뿌리치며 원망스럽게 쏘아붙였습니다.

"엄마 때문에 보리랑 말도 하지 않았어. 마음속으로 절교했단 말이야. 그런데 오늘도 보리가 학교에 안 왔어. 이틀째라고. 이제 속이 시원하지? 보리가 학교에 안 오니까 좋지?"

나래의 눈물은 엄마의 가슴속 끝까지 흘러내렸습니다. 나래 엄마는 어쩔 줄 몰라 말했습니다.

"엄마가 잘못했어. 미안해!"

엄마는 더 어떻게 할 수 없다는 것을 깨달았습니다.

"우리 보리네 가 볼까?"

나래는 손등으로 눈물을 닦으며 고개를 끄덕였습니다.

아파트 샛길에는 계절을 잊은 코스모스들이 먼 하늘을 보고 한들거렸습니다. 울타리를 휘휘 감은 덩굴장미는 꽃물결을 만들며 따라왔습니다.

그 끝에서 엄마는 걸음을 멈추었습니다.

둘은 나란히 나무 벤치에 앉았습니다.

"말하지 못한 게 있어."

"뭘요?"

"엄마가 어릴 때 지내온 이야기."

나래는 엄마의 어린 시절도 외가 얘기도 들은 적이 없었습니다. 하지만 왜 하필 엄마는 지금 고백이라도 하려는 것처럼 이럴까. 나래는 마지못해 귀를 기울였습니다.

"어머니 얼굴은 기억도 못 해. 너무 일찍 돌아가셨거든."

엄마는 정말 부끄러운 일을 고백하는 것 같았습니다.

"저녁 내내 아버지를 기다렸어. 혼자 떨다 잠이 들기도 했어. 그런 날이면 영원히 아버지가 돌아오지 않을까 봐 마음을 졸였어. 예닐곱 나이에 밤은 얼마나 무서웠는지 몰라."

나래는 공주처럼 구는 엄마였기에 이런 시절을 겪었을 거란 생각은 하지 못했습니다. 지금은 아빠가 엄마를 많이 사랑해 주어서 정말 다행이란 생각이 얼핏 스쳤습니다.

"너만할 때부터 남의 집 아기를 봐 주었어. 아기를 업고 부엌일도 가리지 않았어. 갖은 허드렛일은 다 하면서 컸어. 그때를 비밀처럼 묻고 살았어. 솔직히 누가 알게 될까 봐 두려웠단다. 그런데 나랑 꼭 닮은 보리가 나타난 거야. 슬픈 두 눈에 주눅 든 얼굴은 어린 시절 나의 모습이었어. 그래서 보리가 싫었어. 불행이 너에게 전염될 거 같았거든."

"엄마."

"내 딸은 곱고 환하게 아름다운 것만 보고 살길 바랐어."

"난 그런 줄도 모르고. 엄마, 미안해요. 제가 잘못했어요."

나래는 엄마의 눈물을 닦아 주었습니다. 유난했던 엄마의 사랑은 너무 아팠던 상처의 흔적이었습니다.

보리는 나래를 보자, 울음을 터트렸습니다.

"할머니가 많이 아파요."

나래 엄마는 여기저기 전화를 했습니다. 금방 병원차가 도착했습니다.

할머니를 입원시키고 한숨 돌리듯 대기실 의자에 둘러앉았습니다. 나래 엄마는 보리를 달래 주었습니다.

"폐렴이라고 하는구나. 치료 받으면 괜찮아지실 거다."

보리는 고개를 끄덕이며 자꾸 솟는 눈물을 감추려고 했습니다. 나래 엄마는 착잡하게 그 모습을 지켜보았습니다.

어느새 날이 저물었습니다. 우울한 시간이 흘러갔습니다.

"나래야."

나래 엄마가 밝은 얼굴을 하고 병실로 들어섰습니다. 나래는 엄마를 반기며 와락 매달렸습니다.

"어디 갔다 왔어요?"

"아빠랑 통화를 좀 오래 했어."

엄마는 나래를 꼭 품으며 속삭였습니다.

"우리 집에서 당분간 보리를 보살펴 주고 싶은데, 딸 생각은 어때?"

그 순간 나래는 엄마의 얼굴을 두 눈에 가득 담았습니다.

"정말이에요, 엄마?"

"그래. 보리가 할머니랑 잘 지내게 될 때까지."

나래는 말없이 엄마 품에 안겼습니다.

엄마는 보리를 함께 얼싸안으며 다정히 말했습니다.

"아무 걱정하지 마. 아줌마가 보리 엄마 노릇 할 거야. 엄마 해도 되지?"

보리는 손등으로 눈물을 닦아 내며 고개를 끄덕였습니다.

그날 이후, 나래 엄마는 두 딸 뒷바라지에 바빴습니다.

오늘은 유난히 하늘이 파랗고 햇살은 꽃잎처럼 부드러운 날이었습니다.

"예쁘다, 예뻐. 그렇게들 예쁘게 차려입고 어디 가요?"

아파트 앞에서 과일을 파는 아주머니가 발길을 잡았습니다.

"할머니 병문안 가요."

나래와 보리가 입을 모아 합창을 했습니다.

"으응. 할머니가 아프신 모양이구나. 그런데 나래 엄마, 옆에 있는 아이는 누구예요?"

"새로 생긴 우리 딸이에요."

나래 엄마가 보리를 내세우며 자랑하자, 나래가 질세라 으쓱였습니다.

"제가 언니예요."

당치않다는 듯이 보리가 나섰습니다.

"아니요, 제가 언니예요."

두 딸이 깍지 낀 손을 흔들며 뭉게구름 걸린 가로수 길을 걸어갔습니다.

나래 엄마는 가슴을 활짝 펴며 햇살을 받았습니다. 저 끝에 꼭꼭 숨어 있던 슬픔이 시원한 바람이 되어 불어왔습니다.

그 자리에는 아홉 살로 돌아가 해맑게 웃고 있는 한 소녀가 서 있었습니다.

아빠도 꽃이 되고 싶을 거야

먹구름이 하늘을 덮더니 수업이 끝날 때쯤 비가 쏟아졌다. 미미가 가방에서 우산을 꺼내며 물었다.

"할머니, 기다려?"

그때 먼 발치에서 새별이 할머니가 교문 안으로 들어서는 게 보였다. 미미는 그것 보라는 듯 헤헤거렸다.

"너는 할머니가 엄마다."

"당연하지. 나는 엄마 얼굴을 기억도 못 하잖아."

할머니는 새별에게 우산을 건네며 미미를 곰살궂게 바라보았다.

"미미는 우산 챙겨 왔구나. 우리 새별인 언제 철이 드나. 이렇게 할미를 오라 가라 하니 말이야."

"웩!"

새별은 혀를 쑥 내밀며 할머니에게 어리광을 부렸다.

미미는 동대문시장에서 옷 장사하는 엄마를 대신해서 집안
일을 한다. 유치원 다니는 남동생도 돌본다. 그런 미미와 새별
은 특별하게 친한 사이다.

이렇게 된 데는 특별한 사건이 있었다.

새 학기가 시작되고 첫 번째 체육 시간이었다.

새별은 화장실에서 어정쩡하게 서서 발개진 얼굴로 눈물을 질금거리는 미미를 보았다.

"왜 그래?"

"나 어떻게!"

새별은 무슨 일인지 알아차렸다.

보건실로 달려가 이 급한 상황을 알렸다. 미미는 반 아이들에게 생리하는 걸 비밀로 해 달라고 부탁했다.

"너무 창피해. 난 키도 작잖아."

그 후로 둘은 가까워졌고, 갖은 이야기를 주고받는 사이가 되었다.

한강공원에 벚꽃이 팝콘처럼 튀겨질 때였다. 아빠와 새별은 앞마당에 시멘트를 걷어 내고 작은 꽃밭을 만들었다. 그 소리를 듣고 미미는 부러워 어쩔 줄 몰라 했다.

"아빠랑 딸이 꽃씨를 심는 모습은 상상만 해도 낭만적이다."

새별은 웃으며 말했다.

"치자나무를 심었어. 옛날에 아빠가 엄마를 처음 본 순간, 치자꽃 향기가 났대. 엄마가 한 송이 치자꽃처럼 예뻤대."

오늘은 3학년 전체가 단축 수업을 했다.

"현관문 여는 소리도 안 들렸는데 언제 들어왔어?"

할머니는 벌떡 일어나 새별을 반겼다. 무슨 이야기를 하고 있었는지 당황하는 눈치다.

그때 이모가 톡 나섰다.

"네 아빠, 소개팅한다."

이모가 날리는 솜털 같은 말투는 바위가 되어 새별의 가슴팍으로 날아들었다.

할머니는 이모를 째려보았다.

"엄마! 새별이 어린애 아니에요. 알 거 다 안다고요. 그리고 언제까지 사위가 장모님을 모시고 살아요?"

밉상스러운 이모 얼굴에는 '오늘 밤, 너의 아빠는 장미처럼 예쁜 여자랑 데이트할 거야.' 이렇게 쓰여 있는 것 같았다.

정말 아빠는 며칠째 욕실에서 콧노래를 흥얼거렸다. 삐쩍 마른 턱을 내밀며 면도를 하는데, 대충대충 하지 않았다. 출근할 때는 화장대 거울 앞에서 바지 주머니에 손을 넣었다 뺐다, 요랬다 조랬다 표정도 지었다.

일요일인데 아빠의 핸드폰이 부르르 떨며 바탕화면에 메시지가 떴다.

새별은 잽싸게 확인했다.

어제 잘 들어가셨지요?

저도 즐거웠습니다.

담배는 건강에 해로우니 조금만 피우세요.^^

발신자는 '착한 여자'였다.

"착해? 아빠가 여자를 뭘 알아!"

아빠를 뒤지듯 핸드폰을 뒤졌다. 그런데 카톡에 비밀번호를
걸어 놓았다. 새별의 가슴속에 휑한 바람이 불었다.

마침 테라스에 있다가 들어온 아빠와 마주쳤다. 곁을 비켜
가는데 담배 냄새가 확 풍겼다. 아빠 냄새다.

아빠는 목소리를 높여 살갑게 말했다.

"딸! 모닝커피 한 잔."

새별은 내키지 않아 뚱하게 커피잔을 내려놓다가 커피를 쏟
을 뻔했다. 아빠는 텔레비전 오락 프로에서 눈을 떼지 않았다.
새별은 염탐하듯 살펴보다 천연덕스럽게 꾸며 댔다.

"우리 반에 어떤 애가 새엄마를 얻었대."

"그래?"

아빠는 흥미로운 듯 고개를 돌렸다.

"그런데 걔 매일 울어."

"왜?"

"새로 얻은 엄마가 엄청 나쁜 여자래. 막 욕하고 구박하고 밥이랑 반찬도 안 해 준대."

아빠는 흠칫 놀라는 표정이 역력했다.

"아빠 있는 데서만 예뻐하는 척한대. 아빠가 없을 땐 방에서 나오지도 못하게 한다잖아. 진짜 악랄하지?"

할머니가 사과 접시를 들고 와서 참견했다.

"그럴 리가 있어? 요즘은 계모도 잘한다더라."

"할머니가 뭘 알아?"

새별은 확 열이 올라 암팡스럽게 면박을 주었다.

저녁 식탁에 둘러앉았는데 분위기는 서먹했다. 새별이는 일부러 아빠를 살갑게 불렀다.

"아빠, 요즘은 3포 세대 3포 세대 말이 많더라."

"우와! 우리 딸이 그런 걸 다 알아?"

"연애, 결혼, 자식 낳는 걸 포기하는 세대라잖아."

새별은 뉴스를 진행하는 아나운서처럼 똑 부러지게 설명했다.

"특히 젊은이들은 능력이 부족한 것도 있지만 차라리 혼자 사는 게 편하다며 싱글을 고집한다나 봐."

"그래도 결혼은 해야지."

"아냐. 내 친구 삼촌은 서른아홉 살인데, 결혼 같은 거 하기 싫대. 요즘 여자들은 믿을 수 없다고 하면서. 세상에는 온통 나쁜 여자뿐이래."

할머니와 아빠가 불현듯 눈을 맞추었다.

"그 노총각이 아빠랑 나이가 똑같잖아. 서른아홉 살."

새별은 우습다는 듯 킥킥거렸다.

"내년이면 마흔이야, 마흔. 완전히 늙었지."

"늙긴? 한창이지."

할머니가 끼어들었다. 새별은 못 들은 척하며 쐐기를 박듯 다짐했다.

"아빠는 나 같은 딸도 있으니 얼마나 좋아. 그렇지?"

아빠는 담뿍 미소 지으며 고개를 끄덕였다. 새별은 환하게 웃었다. 속으로는 안도의 한숨을 쉬었다.

'이렇게 얘기해 놨으니 결혼은 꿈도 안 꾸겠지.'

새별은 소개팅도 착한 여자도 신경 쓸 필요 없다고 생각하니 날아갈 것 같았다.

무심결에 고개를 돌렸다. 테라스 밖으로 툭 불거진 하얀 치자꽃 봉오리가 보였다.

일요일 아침부터 새별은 들떠 있었다.

"오늘은 분홍 스웨터 입어 봐. 아빠는 새별이가 그 옷 입을 때, 참 예쁘더라."

"우리 손녀는 아무거나 입어도 다 잘 어울리지."

할머니는 정성스럽게 새별을 가꾸었다. 머리 핀도 분홍색 리본이 달린 것으로 스웨터 색깔과 맞췄다.

반갑지 않은 이모도 일찌감치 왔다. 새별은 아빠가 운전하는 옆자리에 앉아 명랑하게 이것저것을 물었다.

"거기 유명한 맛집이라고 하던데, 난 뭘 먹을까?"

"먹고 싶은 거 다 먹어도 돼."

새별이는 경쾌한 음악에 맞춰 흥흥거렸다.

아빠가 주차하는 것을 지켜보는데 새별이 옆으로 이모가 다가왔다.

"손님 올 건데, 인사 잘해야 해."

"손님? 그런 말 없었는데."

새별은 기분이 날아갈 듯해서 건성으로 넘겼다.

가족은 소나무가 얽기설기 보이는 창가에 자리를 잡았다. 새별은 아빠의 팔짱을 끼고 앉아 나비처럼 팔랑거렸다.

그때 정장 차림의 여자가 다가왔다. 그 여자와 아빠가 눈빛으로 인사를 나누었다.

순간 새별은, 심장이 멈추는 줄 알았다. 귀밑으로 오도독 소름이 돋으며 온 살갗이 저렸다.

컴퓨터가 정보를 검색한 듯, 한순간에 알 수 있었다. 여기까지 오게 된 상황이 파노라마처럼 펼쳐졌다.

'그래서 내 옷차림에 신경을 썼어.'

이제 두 무릎이 풀리면서 몸 안에 있는 피가 술술 빠져나가는 느낌이 들었다.

여자는 할머니에게 다소곳이 허리를 굽혀 인사했다. 새별이에게도 사근사근 친근하게 대했다.

"옆에 앉아도 되겠니?"

새별은 심장이 북처럼 쿵쿵거렸다. 머리 꼭대기에서 발가락까지 몸을 어떻게 해야 할지 알 수 없었다.

여자 얼굴을 곁눈질했다. 예뻐 보이지 않았다.

'그러니까 착한 여자지.'

착한 여자는 분홍색 리본이 달린 큼지막한 상자를 내밀며 얼굴을 발그레 물들였다.

"필요할 것 같아서 준비했어."

'이까짓 건 뭐야.'

새별은 마지못해 선물을 받았다.

지루한 시간이 흘렀다. 어떤 이야기를 나누었는지 먹은 음식은 무엇이었는지 기억나지 않았다.

새별은 집에 도착하자마자 먹은 것을 통째로 게워 냈다. 그리고 밤새도록 온몸이 쑤시고 열이 났다. 나중에는 헛구역질에 쓴 물까지 올라왔다.

새벽녘, 새별이 눈을 떴다. 아빠는 침대 머리맡에서 밤을 새웠다. 머리는 헝클어지고 초췌한 꼴이다.

"아빠……."

"새별아, 괜찮아?"

아빠는 새별을 안아 일으키며 죄인처럼 굴었다.

"미안해. 아빠가 생각이 짧았어. 정말 잘못했어. 아빠는 평생 우리 딸이랑 살 거야."

새별은 아빠 품에서 축 늘어져 힘없이 물었다.

"정말이지?"

아빠는 세게 고개를 끄덕였다. 책상 밑에 아무렇게나 처박아 놓은 선물상자가 기우뚱 구겨져 그 모습을 지켜보았다.

새별은 겨우 학교 수업을 마칠 수 있었다. 미미가 새별의 가방을 들어 주었다. 새별이 핼쑥한 얼굴로 물었다.

"있잖아, 너 그거 한다니까 뭐라고 하셔?"

미미는 말없이 고개를 저었다.

"설마 아직도 말을 안 했다는 거야?"

"응. 사실 좀 어색해. 매일 피곤해 있는 모습을 보면 차마 말을 못 꺼내겠어."

"엄마잖아. 어서 말씀드려."

미미는 고개를 끄덕이다 갑자기 귓속말로 속삭였다.

"울 엄마한테 남자 친구가 생기면 얼마나 멋질까?"

"뭐?"

허투루 하는 말이 아니었다.

"힘들 때 위로도 해 줄 테고, 엄마가 외롭지 않을 거 아냐?"

"어유. 킥킥킥킥……."

새별은 장난치듯 받았지만 속으로 뜨끔했다.

미미는 심각했다.

"가끔 울어. 엄마가 한밤중에 소리 죽여 울 때면 마음이 너무 아파. 혼자서 얼마나 힘들면 그러겠어."

그 말은 쿵 하고 하늘에서 떨어진 것 같았다.

"난 밤마다 기도해. 엄마를 사랑해 주는 부자 남친이 생기게 해 달라고 말이야."

미미는 얼굴이 발개져 작게 웃었다. 그 웃음소리는 폭포처럼 새별의 가슴으로 쏟아졌다.

"참! 검색하다 알게 된 건데, 예전에는 하얀 광목천으로 생리대를 만들었다고 하더라. 하지만 우리 엄마는 그런 거 만들어 줄 시간이 없을 거야."

미미는 걸음을 멈추고 핸드폰을 열었다. 다시 정보를 찾으며 주저리주저리 하는 말들이 저 멀리 어지럽게 날아다녔다.

새별은 바위를 안고 걷는 것처럼 한 걸음 두 걸음, 자꾸만 무거워졌다.

"너는 광목천이 뭔지 알아?"

미미가 생글거리며 갑자기 묻는데, 새별은 들리지 않았다. 하늘에 아빠의 메마른 얼굴이 그려졌다. 바보 같은 아빠다.

'아빠도 아내와 손잡고 걷고 싶을 거야. 부부 동반 모임도 나가고 영화관도 가고. 아프면 병원도 함께 다니고……'

꽃밭에 심은 치자나무는 요즘 탐스럽게 꽃을 피웠다. 문득 아빠도 꽃이 되고 싶을 거란 생각이 들었다.

'아빠도 한번쯤은 꽃처럼 피어나야 해!'

새별은 슬픔이 눈꺼풀 안으로 흘러 들어간 것처럼 두 눈이 묵직해졌다.

콧잔등이 아팠다. 왈칵 눈물이 쏟아질 것 같아 두 눈을 치켜 뜨는데, 미미가 툭 어깨를 쳤다.

"내 얘기 듣고 있는 거야, 마는 거야? 아까부터 무슨 생각을 그렇게 해?"

새별은 두 눈을 질끔 감아 눈물방울을 끊으며 말해 버렸다.

"미미야, 우리 집에 가자. 나 선물 받은 거 있는데. 그거 함께 풀어 보자."

"선물? 누가 준 건데? 무슨 선물인데?"

미미가 호들갑을 떨었다.

새별은 저 멀리 흘러가는 뭉게구름을 보았다.

'아빠, 사랑받는 꽃이 되어야 해. 꼭 행복해야 해요.'

새별은 찬란히 빛나는 햇살 속으로 성큼 뛰어들었다.

바다에 빠진 돌고래

    검게 그을린 얼굴이 나를 보고 있었다. 주름진 얼굴에 은색 수염이 덥수룩했다.

    "살았잖아!"

    노인도 흠칫 놀란 눈치였다. 여자아이는 노인의 한쪽 바짓가랑이를 잡고는 어쩔 줄 몰라 했다.

    "막 할딱여요. 숨 막혀서 힘든가 봐요."

    "어쩌다 이렇게 어린것이 해변으로 떠밀려 왔는지 모르겠구나. 그냥 놔 두면 갈매기 밥이 될 테고……."

    나는 청새치 떼 속에서 엄마와 헤어지며 정신을 잃었던 사실이 떠올랐다. 그러자 청새치의 뾰족한 주둥이에 찔린 옆구리가 욱신거렸다.

    "할아버지, 돌고래가 불쌍해요. 아직 아기잖아요. 우리가 살려 줘요, 네?"

"흠! 그래, 그러자꾸나."

할아버지는 핸드폰을 꺼내어 누군가에게 전화를 걸었다. 잠시 후 나는 낡은 트럭에 실렸다.

"근처에 이렇게 큰 횟집은 자네 가게뿐이지 않나. 당분간 저 녀석을 맡아 주게."

"네, 제가 잘 숨겨 놓을게요. 항생제 몇 알 먹였으니 상처도 덧나지 않을 겁니다. 그나저나 아저씨 횡재하셨어요."

"횡재는 무슨……."

누리는 해가 지면 나를 보러 왔다. 우리는 만나기만 하면 장난을 쳤다. 누리가 유리벽을 두드리면 나도 그 수만큼 주둥이로 유리벽을 두드려 주었다.

나는 그것이 그렇게 재미있을 수가 없었다. 수조 안에서 꼼짝달싹 못하는 처지이기에 매일같이 누리를 기다렸다.

어느 날 횟집 아저씨가 할아버지에게 은밀히 말했다.

"애 혼자 키우는 거 보기 딱해서 하는 말이에요. 누리도 좀 있으면 초등학교 입학이잖아요. 어서 돈 모아 두셔야죠."

"자네 말도 맞아. 마음이야 나도 저놈을 바다에 놓아 주고 싶지만 형편이 이러니……."

깊은 밤, 나는 낯선 장소로 옮겨졌다.

"이런 새끼 돌고래를 어떻게 구하셨어요?"

최 조련사는 두 눈을 크게 뜨고 나를 살펴보았다. 표 이사는 심드렁하게 굴었다.

"뒷거래로 들여왔는데, 너무 어린 게 들어왔어."

표 이사는 어촌에 있는 놀이공원 '바다월드'를 운영하는 대표였다. 그는 나를 보며 냉정하게 말했다.

"어디든 풀어 놔."

"괜찮을까요?"

"죽든 말든 상관없어!"

그러다 갑자기 목소리를 높였다.

"돌고래가 두 마리나 죽어 나갔어. 엊그제 태어나 며칠 만에 죽은 새끼까지 치면 세 마리야. 이 사실이 밖으로 알려지면 바다월드는 망하는 거야. 영업 정지라고!"

"마, 맞습니다. 동물 학대라는 등 동물보호단체들이 좀 난리를 쳐야지요"

"학대는 무슨! 훈련이 거저 되는 거야?"

표 이사는 떨떠름한 표정으로 잠깐 뜸을 들이다 다짐을 받듯 말했다.

"어떻게 해서라도 '돌고래 쇼'로 대박을 내야 해. 직원들에게도 확실히 전해. 돌고래 쇼 성공 못 시키면 몽땅 그만둘 줄 알라고 말이야"

표 이사의 엄포에 최 조련사는 바짝 졸아 고개를 숙였다.

'돌고래 체험관'은 내가 살게 된 곳이다. 바다 같았지만 바다는 아니었다. 해초들은 뿌리를 박고 있어도 생명이 없는 것 같았다. 작은 물고기들이 흩어져 나를 비켜 갔다. 나는 어디로 가야 할지 알 수 없었다.

'엄마는 어디 있어요?'

엄마는 내 등지느러미에 미역을 걸쳐 주면서 속삭였다.

"아가, 몸을 돌리면서 부드럽게 헤엄쳐 보렴. 옳지. 그래, 그래. 미역이 등에서 떨어지지 않게 헤엄을 치는 거야. 이렇게 연습하면 더 빨리 더 날렵해질 수 있어."

그 목소리가 생생히 귓가에 들리는 것만 같았다. 그런데 아스라이 엄마의 모습이 보였다.

"엄마, 엄마!"

온 힘을 다해 물살을 가르며 헤엄쳐 갔다. 그런데 멀거니 웃고 있는 그 얼굴은 엄마가 아니었다. 나는 슬픈 마음을 감추었다. 돌고래 아줌마는 산호초 뒤에서 '아가'만을 부르고 있었다. 그때 붉게 이끼가 낀 바위가 꿈틀 움직였다.

"처음 보는 녀석이구나."

"누, 누구세요?"

알고 보니 움직이는 바위는 대왕문어였다.

"저 돌고래는 가엾게도 얼마 전에 아기를 잃었단다."

나는 놀라서 가만히 귀를 기울였다.

"마음을 진정시킨답시고 허구한 날 이 약 저 약을 잔뜩 먹여 놓더라. 그랬더니 며칠 전부터 저렇게 넋이 나가 버렸구나."

돌고래 아줌마의 슬픈 마음이 내게도 고스란히 전해졌다.

나는 아줌마의 품으로 살그머니 파고들었다.

'우리 엄마였으면 얼마나 좋을까.'

시간이 지날수록 이곳에서의 생활은 점점 익숙해졌다. 하지만 무시무시한 상어가 지나갈 때는 잡혀 찢기는 줄 알았다.

"무서워하지 마라. 저들은 사료를 먹어. 죽은 물고기에 약을 잔뜩 집어넣은 것을 받아먹고 산단다. 겉모습만 상어다."

문어 할아버지는 돌고래 체험관인 수족관에서 일어나는 일들을 가르쳐 주었다.

"바다 친구들은 사람들이 만들어 놓은 수족관에서 오래 살

수 없단다. 그래서 죽으면 죽은 수만큼 새로운 친구들을 잡아
오지. 그러고 보니 나도 언제 죽게 될지 모르겠구나. 이곳에서
제법 오래 살았거든."

"할아버지, 죽지 마세요. 저와 꼭 바다로 돌아가요. 아셨죠?"

문어 할아버지는 긴 다리를 뻗어 내 등을 쓰다듬어 주었다.

어느새 나는 돌고래 체험관에서 귀염둥이가 되어 있었다.

"아기 돌고래다!"

아이들이 벽을 두드리고 손을 흔들면 기분이 좋았다. 누리
가 생각나서 요리조리 춤을 추며 애교를 부려 주었다.

'누리는 지금 무얼 하고 있을까?'

그러던 어느 날 갑자기 나는 다른 곳으로 옮겨 가게 되었다. 풀장이 딸린 훈련소였다. 최 조련사가 능글맞은 목소리로 말했다.

"많이 컸어요."

표 이사는 고개를 끄덕이며 음흉스럽게 나를 내려다보았다.

"이놈이 대박 치겠는걸!"

"저도 그렇게 생각해요. 기대하셔도 될 것 같습니다."

표 이사가 기분이 한껏 좋아져서 말했다.

"지금 돌고래 쇼에 꽃순이, 바람돌이밖에 내세울 게 없잖아. 빨리 이놈을 훈련시켜서 투입시키도록 해."

나는 궁금했다.

'돌고래 쇼는 뭐고, 꽃순이 바람돌이는 누구일까?'

상쾌한 바깥 바람에 깊게 숨을 내쉬고 있을 때였다.

"새로 왔구나?"

정다운 소리에 뒤돌아보았다. 나보다 대여섯 살은 더 많아 보이는 돌고래였다. 그 뒤에 늠름해 보이는 또 다른 돌고래가 있었다.

"혹시 꽃순이, 바람돌이세요?"

"그래, 내가 바로 꽃순이야. 옆에 있는 친구는 바람돌이. 우리를 어떻게 알고 있는 거니?"

"쇼를 하는 것도 알아요."

"제법인걸!"

바람돌이가 꼬리로 내 등을 살살 치며 장난을 걸었다.

꽃순이는 참 다정했다. 돌고래들이 하는 공연에 대해 잘 가르쳐 주었다.

"돌고래 쇼에 나가려면 훈련을 받아야 해. 재주를 익히는 게 쉽지는 않거든."

날마다 하는 훈련은 정말 말할 수 없이 힘들었다. 나는 등에 조련사를 태우고 넓은 풀장을 잠수해서 빛처럼 빠르게 가는 연습을 했다. 그 다음 신호에 맞춰 점프하여 공중으로 튀어 올라야 한다.

그렇게 두 번을 하고 물속으로 잠수한다. 1초, 2초, 3초 정확히 5초 후 물속에서 박차고 나와 무대에 미끄러지듯 오른다. 두 팔을 벌려 인사하는 조련사와 똑같이 맞춰서 나도 양쪽 지느러미를 좍 펼쳐야 한다. 하지만 아무리 잘하려고 해도 실수를 하고 규칙을 잃어버린다.

"이 멍청한 놈아! 신호에 맞춰서 돌라고 했지? 또 틀리면 굶

길 거야!"

최 조련사는 두껍게 말린 밧줄을 휘둘러 나의 등을 내리쳤다.

"아프지?"

밤이 되면 꽃순이는 내 등에 난 상처를 혀로 핥아 주었다.
꽃순이는 엄마 같았다. 나는 오랫동안 훈련을 받았다.

오늘은 처음으로 공연을 하러 나가는 날이다. 더욱이 '바다의 날' 기념행사로 근처에 있는 초등학교 학생들 단체 관람이 있다고 한다. 나는 긴장되어서 마음이 초조했다.

"넌 잘할 수 있어."

바람돌이는 나를 응원해 주었다.

그런데 꽃순이가 이상했다.

"몸이 떨리고 추워. 오늘은 아무것도 하고 싶지 않아."

최 조련사는 꽃순이의 몸 상태가 좋지 않다는 것을 알고 있었다. 꽃순이의 등을 탁탁 치며 돌아서는 그의 얼굴은 어두웠다.

"괜찮겠어?"

꽃순이는 힘없이 고개를 끄덕였다. 바람돌이는 그런 꽃순이를 애처롭게 바라보았다. 곧이어 경쾌한 음악과 함께 안내방송이 들려왔다.

사람들은 계단으로 만들어진 관람석에 가득 찼다. 큰 박수가 터져 나오고 돌고래 무용수들이 재주를 부리며 지나갔다.

잠시 후 주인공인 꽃순이와 바람돌이의 공연이 시작되었다. 그런데 점점 꽃순이가 움직이는 게 둔해졌다. 바람돌이와 호흡을 맞추지 못했다. 아슬아슬한 순간이 반복되었다.

바람돌이가 보여 주는 최대의 묘기 순서였다. 하늘 높이 점프를 하며 공중에서 회전 돌리기를 하는 순간이었다.

꽃순이는 잠수를 하며 그 자리를 피해야 했지만 어쩐 일인지 움직이지 않았다. 순간 바람돌이는 공중에서 힘껏 방향을 틀었다.

바람돌이는 대리석으로 된 무대로 머리부터 쿵 하고 떨어졌다. 관객들이 놀라서 비명을 질렀다. 핸드폰 카메라가 곳곳에서 터지며 웅성거림이 커졌다. 조련사들이 바삐 움직이더니 순식간에 바람돌이와 꽃순이가 사라졌다. 나는 떠밀리듯이 공연을 하게 되었다.

긴장된 순간이 지나고 마지막을 알리는 음악이 흘러 나왔다. 나는 무대에 미끄러지듯 올라 가슴을 젖히며 꼿꼿이 몸을 일으켜 세웠다.

이어서 힘껏 양쪽 지느러미를 펼쳤다. 그때 맨 앞줄에 앉아 있는 소녀와 눈이 마주쳤다. 누리도 나를 알아보았다.

나는 아직도 남아 있는 내 옆구리의 흉터처럼 그동안의 일들이 스쳐 지나갔다.

"누리야!"

왈칵 눈물이 터져 나왔다.

그 사건 이후 바다월드는 어려움을 겪게 되었다. 여러 네트워크를 통해 잔인했던 훈련 과정이 퍼져 나갔다. 모질게 학대

한 정황들이 낱낱이 파헤쳐졌다.

하지만 바람돌이의 모습은 볼 수 없었다. 꽃순이는 입을 꾹 다물고 아무것도 먹지 않았다.

며칠째 누리는 할아버지의 손을 잡아끌고 왔다.

"미안해. 조금만 참고 기다려 줘. 꼭 너를 구해 줄게."

나는 고단했다. 어느덧 깊은 잠에 빠져들었다.

꿈속에서 달을 품은 바다를 헤엄치고 있었다.

그때 갑자기 소용돌이가 쳤다. 시커먼 소용돌이 속에서 꾸역꾸역 끝도 없이 청새치들이 쏟아졌다.

"저놈들은 나를 조작조각 찢어 놓을 거야."

청새치 떼는 나를 향해 먹구름이 밀려오듯 조여 왔다. 날카로운 주둥이로 공격할 거라는 생각에 정신이 아득해졌다.

"사, 살려 줘……!"

그 순간 엄마의 얼굴이 떠올랐다. 부드러운 목소리가 들렸다.

"늠름하구나. 씩씩하게 잘 자라 주었어."

"엄마! 엄마, 무서워요. 어서 저를 구해 주세요."

너무 무서워서 흐느껴 울었다. 그러다 문득 깨달았다.

'맞아! 엄마가 말해 주었잖아. 지금 난 연약한 새끼 돌고래가 아니라고!'

퍼뜩 정신을 차리며 두 눈을 부릅떴다. 그리고 온 힘을 다해 소리쳤다.

"무섭지 않아. 나는 바다를 누비는 돌고래란 말이야."

바다가 통째로 울리도록 온몸으로 물결을 때리고 또 때렸다. 나는 하늘을 날 듯 청새치 떼 속으로 뛰어들었다.

순간, 어둠이 물러가듯 청새치 떼가 사라졌다.

짙푸른 바다는 상쾌하고 고요했다.

나는 깊은 숨을 내쉬며 살그머니 두 눈을 떴다.

아침 햇살이 찬란히 드리우고 있었다.

아빠의 날개

아빠는 다니던 회사가 부도나는 바람에 일 년째 쉬고 있었다. 그동안 여러 곳에 이력서를 냈지만 일을 찾기란 어려웠다. 진우도 그 사정을 알고 있었기에 아빠가 새로 일자리를 얻은 것이 마냥 기뻤다.

"아빠! 이번에는 무슨 회사에 취직했어요?"

"그게 말이야……."

아빠가 머뭇거리자 엄마는 활짝 웃으며 경쾌하게 말했다.

"아빠는 회사 차를 모는 운전기사야."

엄마는 그 일이 참으로 위대하다는 듯 당당했다.

"운전기사요?"

"그래. 우리 가족을 위해서 고생하시는 거지. 아빠는 진짜 훌륭해."

"그럼요, 저도 알아요."

진우는 공연히 쑥스러워하는 아빠를 정답게 바라보았다.

"이번 운동회에 꼭 오실 거죠?"

"그럼, 가야지. 그때는 마침 내가 쉬는 날이야."

아빠와 진우는 마주 보며 환하게 웃었다.

토요일이 되었다. 운동장에 벌써 많은 사람이 돗자리를 깔고 앉았다. 진우네 가족도 플라타너스 나무 아래 자리를 잡았다. 단풍이 든 잎사귀들이 들뜬 가족을 반겨 주었다.

"엄마, 아빠!"

진우가 손을 흔들며 뛰어왔다.

그때였다. 진우 아빠가 서둘러 한 남자에게 달려가 인사를 했다. 이번에 새로 취직한 회사의 대표, 사장님이었다.

"사장님 나오셨어요?"

진우 아빠는 깍듯이 허리를 굽혔다. 옆에서 얼른 진우도 인사를 했다.

"김 기사도 운동회에 나왔군."

"네."

사장은 고개를 까닥여 인사를 받고 점잖게 말했다.

"새벽에 우리 어머니 대학병원 응급실로 모셔다 드린 게 김

기사라면서? 가끔 혈압이 올라가면 한번씩 소란을 떨게 된단 말이야. 하여튼 수고했어."

칭찬은 하긴 하는데 진우가 듣기엔 웬지 유쾌하지 않았다.

"네, 네."

아빠는 웃는 낯으로 또 허리를 굽혔다. 그 모습을 보고 있던 진우의 맑은 눈동자가 움직였다. 엄마처럼 또랑또랑한 목소리로 아빠를 칭찬했다.

"우리 아빠는 훌륭한 일만 하시는 분이에요."

"으하하하…… 김 기사가 정말 똑똑한 아들을 두었군."

아빠는 얼굴이 붉어졌다. 사장님은 아빠와 진우를 번갈아 보다가 자상하게 물었다.

"몇 학년이냐?"

"삼학년 일반입니다."

"그래? 우리 아들이랑 같은 반이군."

진우의 두 눈이 동그래졌다.

"아들 이름이 뭐예요?"

"영웅이란다."

"영웅이요? 어, 우리 반 회장인데요."

영웅이의 집은 엄청난 부자라고 소문났었다. 아버지는 근처에서 규모가 큰 회사를 경영하며 건물도 여러 채를 가지고 있다고 했다. 영웅이가 회장으로 선출된 날 학교로 피자와 치킨이 배달되었다. 학교가 떠들썩하게 잔치를 했다.

"영웅이랑 친하게 잘 지내라."

"넷!"

진우는 가슴을 펴고 크게 대답했다.

북소리가 울리며 운동회가 시작되었다. 학교 운동장은 함성으로 가득 찼다. 경기가 끝날 때마다 박수가 터져 나왔다.

3학년 달리기가 한 차례 끝났다. 사회자 목소리가 마이크를 타고 왕왕 울리는데, 진우가 빨갛게 상기된 얼굴로 뛰어왔다. 온통 땀범벅이 되어 1등이라고 찍힌 손등을 내보였다.

"달리기 일등 했어요."

"어이구, 우리 손자 최고다!"

할머니가 진우의 이마에 맺힌 땀을 닦아 주었다.

"점심 먹자."

엄마가 도시락 뚜껑을 열었다. 김밥이 빽빽했다.

가족은 오랜만에 마음껏 웃었다. 아빠는 새롭게 취직도 했겠다, 기분을 냈다.

"저녁에 외식하자. 뭐 먹을까? 그래, 오늘은 간편하게 치킨 어때?"

"진짜요?"

진우가 방방뛰자 엄마가 손사래를 쳤다.

"다음에 해요."

"다음은 무슨 다음이야. 당신도 그동안 애썼어. 마음고생했잖아."

"그렇게 하렴."

할머니가 부추기자, 엄마가 못 이기는 척 고개를 끄덕였다.

2부가 시작되었다. '아버지 달리기 시합'을 한다는 안내 방송이 나왔다. 진우는 아빠를 졸랐다.

"아빠, 달리기 실력을 보여 주세요. 고등학교 다닐 때 육상선수였다면서요?"

"허허! 그건 옛날이지."

"평상시에도 운동 열심히 하셨잖아요? 아빠도 달리세요. 어서요!"

아빠는 진우에게 이끌려 마지못해 담임선생님 앞으로 나갔다. 그 자리에 영웅이 아빠도 나와 있었다.

"사장님도 달리기에 나오셨어요?"

아빠는 황급히 허리를 굽혔다. 담임선생님도 영웅이 아빠에게 더 깍듯이 대하는 거 같았다.

"아버님, 회사 운영하시랴 훌륭한 일에 앞장서시랴 많이 바쁘실 텐데, 운동회까지 참석하시고……."

진우는 담임선생님 앞에서 목청을 높였다.

"선생님, 우리 아빠도 달리기에 참여하신대요."

담임선생님은 얼른 진우 아빠를 향해 고개를 숙여 인사했다. 진우는 계속해서 환하게 웃으며 얘기하는 담임선생님과 영웅이 아빠를 지켜보았다. 아빠는 먼 도착점을 바라보고 있었다.

잠시 후, 일제히 호각 소리에 맞춰 출발선에 섰다.

"탕!"

신호 총 소리와 함께 아빠는 커다란 새 한 마리가 되었다. 아빠의 등에 쫙 날개가 펴졌다. 두 날개는 크고 튼튼했다.

'진우야! 달리기는 자신 있어. 꼭 일등 할게!'

아빠는 힘차게 땅을 박차며 출발했다. 두 팔과 두 다리는 하늘로 올라갈 것처럼 가벼웠다.

사실 아빠는 오랜 시간 마음이 아팠다. 여러 번 일자리를 잃다 보니 자신이 보잘것없다는 생각이 들었다. 하지만 오늘은 달랐다. 어두웠던 날들을 털어 버리고 힘차게 달려서 이대로 하늘까지 가고 싶었다. 아니, 날고 싶었다.

　또다시 함성이 들렸다. 그때 아빠와 진우는 두 눈이 마주쳤다. 진우의 작은 몸은 횃불처럼 타올랐다.

　"달려요! 어서 달려요……."

　진우는 파랗게 핏줄 선 목이 터지라 외쳤다.

'걱정 마. 달리기만은 아빠가 일등이야!'

테이프를 끊는 순간이 눈앞에 다가왔다. 아빠는 무심결에 뒤를 돌아보았다. 사장님! 영웅이 아빠가 바짝 따라붙어 달려오고 있었다.

갑자기 아빠는 두다리에 힘이 풀렸다. 그 순간 날개도 꺾였다.

'내가 왜 이러지……'

아빠가 숨을 헐떡이고 주춤하고 있을 때, 테이프를 끊으며 일등으로 들어온 이는 영웅이 아빠였다. 운동장을 통으로 집어삼킬 듯 박수가 터졌다. 영웅이 아빠는 진짜 거인이 되어 섰다. 아빠는 허리를 굽혔다.

"사장님, 축하드립니다."

"김 기사도 잘 달리던데."

그는 거칠게 숨을 몰아쉬며 아빠의 한쪽 어깨를 툭 쳤다. 그때부터 아빠는 이상하게도 아무런 소리가 들리지 않았다. 사람들은 웃고 떠드는데, 표정뿐인 모습이다.

넓은 운동장이 빙글빙글 도는 것 같아 길을 헤매었다. 가족이 있는 플라타너스 나무를 찾아가는 데 한참 걸렸다.

"진우는……?"

"옆에 있었는데……"

엄마는 말꼬리를 흐렸다.

사실 진우는 초라하게 걸어오는 아빠를 지켜보고 있었다. 아빠가 허깨비처럼 걷는데 그 모습을 보고 있자니 주르르 눈물이 흘렀다.

도저히 아무렇지 않게 대할 자신이 없었다.

운동회는 끝났다.

아빠는 속이 탔다. 할머니는 노인정에서 저녁을 먹는다며 돗자리를 걷었다.

"속이 많이 상했나 보다. 진우 보면 뭐라 하지 말고 잘 데리고 오너라."

"네, 어머니."

"혹시 먼저 집에 와 있으면 전화할게요."

"응. 나는 여기서 좀 더 기다려 볼게."

진우 아빠는 텅 빈 운동장에 홀로 남았다. 전쟁이 휩쓸고 지나간 자리처럼 운동장에는 슬픔만 남았다.

저무는 하늘에 노을이 짙어졌다. 빠르게 흘러가는 양떼구름은 붉어진 두 눈에서 솟는 눈물 같았다.

그때였다.

"아빠!"

아빠는 놀라 뒤를 돌아보았다. 진우가 우두커니 서 있었다.
그 순간 아빠는 마음이 놓이며 반가웠지만, 입에서 터진 말은
그게 아니었다.

"이놈이⋯⋯. 너 어디 갔었어?"

"죄송해요."

진우는 시커먼 먼지로 얼룩진 얼굴을 떨어트렸다. 그러자 아빠가 와락 진우를 끌어안으며 떨리는 목소리로 말했다.

"가, 갑자기 다리에 힘이 풀려서 달리기에 졌어. 미안하다."

"다음에 또 달리면 이길 수 있을 거예요. 저는 아빠 실력을 믿어요."

진우는 두 팔을 뻗어 아빠를 얼싸안았다. 어느새 작은 두 손은 숨죽여 흐느끼는 등을 가만히 토닥이고 있었다.

'괜찮아요. 일부러 져 준 거 다 알아요.'

'포기하지 않을 게. 이제는 끝까지 달릴게!'

그때였다. 진우의 두 눈에, 아빠 등에서 없어진 줄 알았던 날개가 다시 돋아난 듯 꿈틀거리고 있었다.

나팔꽃 사랑

야트막한 담장 아래 해바라기 두 그루가 나란히 뿌리를 내렸습니다. 그 중 한 그루는 다른 한 그루보다 튼튼했습니다.

그 해바라기는 햇살을 빨아드리듯 마시더니 쑥쑥 자라나 담장 밖을 먼저 볼 수 있었습니다. 그러자 매우 거들먹거렸습니다.

"네 뿌리가 내 곁으로 가까이 오지 않도록 해. 알겠지?"

"응? 으응……."

키 작은 해바라기는 주눅이 들어 뻗쳤던 뿌리를 오므렸습니다.

꽃밭에는 여러 종류의 꽃이 자라고 있었습니다. 뒤늦게 나팔꽃 씨앗들도 여기저기서 싹을 내밀었습니다.

어느 깊은 밤이었습니다. 쌍떡잎으로 변한 나팔꽃들이 소곤거렸습니다.

"이 담을 기어올라 신나게 나팔을 불고 싶어."

"담장이 너무 낮아서 높게 오를 수는 없겠어."

구름이 지나가며 보름달을 가렸습니다.

"어서 달님이 나왔으면……."

제일 먼저 뿌리 내린 나팔꽃이 혼잣말을 했습니다. 키 작은 해바라기는 외로웠던 터라 용기를 내어 물었습니다.

"나팔꽃님, 달님이 그렇게 좋아요?"

"그럼요!"

"왜 좋은데요?"

"저 높은 곳에서 어두운 세상을 밝혀 주잖아요. 모두에게 희망을 주는 것처럼요."

키 작은 해바라기는 문득 자신에게 희망이 없다는 생각이 들었습니다.

"나는 크고 튼튼하게 자랄 자신이 없어요."

나팔꽃은 화들짝 놀랐습니다.

"왜 그런 생각을 해요? 용기를 내세요. 당신은 분명히 굳세게 자라서 타오르는 해님처럼 될 거예요."

"정말이죠?"

"그렇고말고요!"

싹을 틔운 이래 처음으로 들어 본 따뜻한 말이었습니다.

'나에게 축복을 내려주는구나.'

숨죽이며 살던 키 작은 해바라기는 나팔꽃이 고마웠습니다. 그 나팔꽃은 잎사귀가 어긋나 자라고 있었습니다.

"이제부터 당신을 나팔꽃 여왕이라고 부를게요."

"당치 않아요. 그러지 말고 우리 친구로 지내요."

"좋아요. 이제부터 우린 친구예요. 하지만 내가 당신을 나팔꽃 여왕이라고 생각하는 것은 변함없어요."

키 작은 해바라기는 궁금했습니다.

"씨앗이었을 때 무슨 생각을 하고 있었어요?"

"흙 속에서 우리는 달님과 해님만 생각하고 있었답니다. 지금은 밤마다 저 하늘에 빛나고 있는 별님들을 헤아리고 있어요."

"왜요?"

"하늘까지 오르고 싶기 때문이지요."

그때 보름달이 다시 모습을 나타냈습니다.

"우와! 달님이다."

나팔꽃들이 소리쳤습니다.

"시끄러워! 조용히 좀 못하겠니?"

키 큰 해바라기가 사납게 소리쳤습니다. 나팔꽃들은 움찔해서 입을 다물었습니다. 순식간에 작은 꽃밭은 쥐죽은 듯 조용해졌습니다. 나팔꽃 여왕은 살갑게 말을 걸었습니다.

"어쩌면 그렇게 튼튼하고 키가 커요?"

"……."

키 큰 해바라기는 도도하게 고개를 쳐들 뿐 말이 없었습니다. 땅바닥에서 뒹굴며 헛소리하는 나팔꽃들이 아니꼬울 뿐이었습니다.

'달이 어떻고, 하늘이 어째? 흥, 우스운 것들!'

꽃들은 모두 바쁘게 지냈습니다. 봉숭아도 채송화도 부지런
히 잎을 만들고 줄기를 키웠습니다.

햇살이 뜨거운 어느 날이었습니다. 나팔꽃 여왕이 키 큰 해
바라기에게 돌돌 말린 여린 손을 살짝 내밀었습니다.

"어디다 감히 손을 대려는 거지?"

나팔꽃 여왕은 무안해서 기어드는 목소리로 말했습니다.

"당신의 몸을 휘감고 올라가게 해 주세요."

"내가 왜 그래야 하지?"

"높은 곳에서 세상을 보고 싶어서 그래요."

키 큰 해바라기는 차갑게 말했습니다.

"네가 세상을 보든 말든 난 상관하고 싶지 않아. 그러니 내 곁에서 멀찍이 떨어져."

"높이 올라가게 되면 꼭 은혜를 갚을게요."

"은혜를 갚는다고? 어떻게 은혜를 갚는다는 거지? 혼자 서지도 못해서 평생 남의 몸이나 휘감고 살아가면서?"

"제발 저희를 도와주세요."

나팔꽃들은 한목소리를 내며 매달렸습니다. 키 큰 해바라기는 어림없다는 듯 야멸차게 굴었습니다.

"하찮은 것들이 남의 도움만 바라는구나. 너희 같은 것들을 잘 알아. 염치도 없이 남의 몸을 타고 오르려고만 하지. 그러다 이용할 가치가 없어지면 언제 그랬냐는 듯이 시치미를 떼거든."

나팔꽃 여왕은 울먹였습니다.

"우리는 남을 타고 올라가야 비로소 행복해질 수 있어요."

"그게 잘하는 짓이냐?"

키 큰 해바라기는 쏘아붙였습니다.

"위로 올라갈 수 없다면 우리는 살아가는 이유가 없답니다. 제발 도와주세요?"

"그게 나랑 무슨 상관이냐고?"

나팔꽃들은 풀이 죽어 흙바닥에 이리저리 몸을 뉘었습니다. 그때 키 작은 해바라기가 수줍게 나섰습니다.

"저의 몸을 감고 올라오세요"

나팔꽃 여왕은 고개를 저었습니다.

"당신은 우리가 휘감으면 견디기 힘들 거예요."

"나팔꽃님들이 조금이라도 더 높은 곳에서 세상을 볼 수 있다면 나는 괜찮아요."

"잘못하면 함께 쓰러질 수도 있어요."

나팔꽃 여왕은 진심으로 걱정해 주었습니다.

"힘껏 견뎌 볼게요."

키 작은 해바라기의 마음은 변함이 없었습니다.

"고마워요."

나팔꽃 여왕이 손을 내밀자, 뒤를 이어 다른 나팔꽃들도 손을 뻗쳤습니다.

나팔꽃들은 자꾸만 위로 올라갔습니다. 담벼락을 타고 올라간 나팔꽃들과 키 작은 해바라기의 몸을 휘감은 나팔꽃들이 손을 뻗어 서로의 몸을 엮었습니다. 그리고 다시 키 작은 해바라기를 칭칭 감았습니다.

키 큰 해바라기는 어이가 없었습니다.

"나팔꽃들아, 어쩌면 그렇게 지독하니? 정말 염치가 없구나?"

키 작은 해바라기에게도 면박을 주었습니다.

"쯧쯧! 너의 모양새가 정말로 한심하다. 넌 바보야. 어리석게도 나팔꽃들에게 이용만 당하고 있구나."

키 큰 해바라기는 밧줄에 꽁꽁 묶인 것 같은 모습을 구경하면서 키 작은 해바라기의 키가 조금씩 크고 있다는 것을 눈치채지 못했습니다.

더위가 해바라기 잎들을 축 늘어지게 하던 어느 날이었습니다. 갑자기 먹구름이 몰려왔습니다. 하늘이 캄캄해지며 장대비가 쏟아졌습니다.

"후두두 후두두둑 후두두……."

"와! 비다. 비가 와요!"

꽃들은 달콤한 빗물을 흠뻑 마셨습니다. 키 작은 해바라기도 듬뿍 들이켰습니다.

'나팔꽃들에게 도움을 주려면 내가 튼튼해야 돼.'

그동안 흙속에 녹아 있는 양분도 하루도 빠짐없이 먹고 있었습니다.

　그날 밤, 세찬 바람이 몰아쳤습니다. 사나운 바람에 키 큰 해바라기의 몸이 아무렇게나 이리저리 흔들렸습니다.

　'어, 어지러워…….'

　긴 몸이 휘청거릴 때마다 세상이 확확 기우는 것 같았습니다.

금방이라도 몸이 꺾일 것만 같아 무서워 견딜 수 없었습니다.

"나팔꽃들아, 제발 내 몸을 잡아 줘?"

키 큰 해바라기는 참다못해 애걸하였지만 나팔꽃들은 대답해 주지 않았습니다. 하지만 힘을 합쳐서 키 작은 해바라기를 아주 꽉 안아주었습니다. 나팔꽃들의 연약한 줄기는 쇠사슬처럼 강했습니다.

"제발 부탁이야. 나 좀 잡아 줘! 살려 줘!"

키 큰 해바라기의 울음소리는 빗소리 바람 소리에 파묻혔습니다. 몸은 덜렁이는 시계추처럼 왔다 갔다 했습니다.

"우르릉 꽝꽝…… 우르릉 꽝!"

천둥소리와 함께 번쩍 하고 번개가 내리치는 순간, 키 큰 해바라기는 정신을 잃고 말았습니다.

새 아침의 하늘은 푸르고 맑았습니다. 꽃밭은 싱싱한 초록으로 빛났습니다. 나팔꽃들은 줄기에 나팔 같은 연보라색 꽃들을 피웠습니다.

그때 키 큰 해바라기가 가까스로 정신을 차렸습니다. 그리고 순간 소스라쳤습니다.

"아, 안 돼!"

너덜너덜한 뿌리가 보이는 긴 몸은 비스듬히 쓰러져 반으로 꺾여 있었습니다. 꽃잎이 찢긴 커다란 얼굴은 기름진 꽃밭을 벗어나 시멘트 바닥에 닿을 듯 말듯 덜렁거렸습니다. 키 큰 해바라기의 꺾어진 몸은 누구도 바로 세워 줄 수 없었습니다.

이제 키 작은 해바라기는 파란 하늘 아래 우뚝 섰습니다.

해님을 닮은 꽃 속에는 수많은 씨앗을 담았습니다.

'고마워요, 나팔꽃님들!'

나팔꽃들도 멋진 꿈을 이루었습니다. 꽃밭에는 소풍 온 가을바람이 한참이나 머물고 있었습니다.

메리와 덕구

"덕구 이놈! 어서 이리 오지 못해?"

박 영감이 시근덕거리며 달려와서 목에 핏대를 세웠다. 이에 질세라 애순 할머니도 소리쳤다.

"메리, 너도 이리 오지 못해! 빨리 안 오면 오늘 저녁에 불고기는 없을 줄 알아."

'할머니 너무해요. 난 덕구랑 함께 있고 싶단 말이에요.'

메리는 박 영감에게 혼이 나는 덕구를 보며 끙끙거렸다. 애순 할머니는 그런 메리를 보며 잔소리를 해 댔다.

"도대체 왜 그래? 저 촌놈이 뭐가 좋으니? 난 네가 이럴 줄 꿈에도 몰랐어."

메리를 혼내던 애순 할머니는 이번에는 박 영감에게 화살을 돌렸다.

"하여튼 예나 지금이나 촌스럽고 둔한 건 여전하다니까."

"뭐, 뭐라고?"

박 영감은 하도 분해서 말문이 막혔다. 땡감 씹은 표정으로 돌아서는데 부아가 치밀었다.

"메리, 어서 들어가."

애순 할머니는 메리를 앞장세워 집 안으로 들어가서는 현관문을 탁 닫아 잠갔다. 그 모습에 박 영감은 비위가 틀어질 대로 틀어져서 들길을 따라가며 덕구를 다시 한번 족쳤다.

"너, 이놈! 한번만 더 별장집에 갔다간 쫓겨날 줄 알아?"

'이제 그만하시라고요. 무슨 심술을 그렇게 부려요? 끙끙 끙… 메리야, 내일 또 만나.'

덕구는 못내 아쉬운지 별장 집을 돌아보며 메리 들으란 듯이 크게 짖어 댔다.

한 달 전 사랑리에 잔치가 벌어졌다. 마을 입구에 서울 부자가 지었다는 별장에 애순 할머니와 함께 메리가 이사를 왔다.

"살림살이가 최고급이야. 이 별장도 값이 소홀치 않게 나갈 텐데, 애순이가 성공했구나. 잘 왔어, 고향에 잘 왔어."

이장은 신이 나서 여러 소리를 늘어놓았다. 마을은 젊은이는 별로 없고 노인네 열댓 명 살고 있던 터였다. 그래서 모두 고향에서 살려고 왔다는 애순 할머니를 열렬히 환영했다. 이장을 맡고 있는 천수 할배는 박 영감과 애순 할머니와 함께 같은 초등학교를 다녔다.

"애순이, 노인정에도 자주 나와."

애순 할머니는 메리를 품에 안은 채 도도하게 굴었다.

"글쎄, 시간이 되려나."

이장집 며느리는 입이 마르게 칭찬을 했다.

"할머니, 정말 젊어 보이세요. 뭘 드시기에 아직도 이렇게 피부가 좋으세요?"

"내 피부가 그렇게 좋아 보여? 호호호……."

애순 할머니가 함박웃음을 터트리자, 박 영감이 심통 난 얼굴로 산통 깨는 소리를 했다.

"젊긴, 나이가 70이 넘었으면 다 똑같지. 혹시 자식들한테 쫓겨난 건 아니고? 아니면……. 아, 말년에 이 구석에 왜 왔어?"

"아니, 이놈의 영감탱이가?"

애순 할머니는 얼굴이 시뻘겋게 달아올라 박 영감을 째려보았다. 그때 박 영감이 키우는 덕구는 애순 할머니의 메리를 보고 첫눈에 반했다.

'메, 메리야. 안녕?'

'네 이름은 덕구? 그래. 잘 지내보자.'

메리는 새침하게 얼굴을 돌렸지만, 덕구의 늠름한 모습에 가슴이 두근거렸다. 사실 그 옛날 어린 시절에 박 영감도 애순 할머니를 처음 보자마자 마음을 빼앗겼었다.

지금은 많이 변했지만 그 시절 경기도 끝자락인 이곳은 벼농사 짓는 집이 대부분인 시골 마을이었다. 그곳에 애순이가 나타났다. 하늘거리는 분홍 원피스에 양 갈래로 따 내려간 새카만 머리채는 예쁘기 그지없었다.

새하얀 얼굴에 오목조목 박힌 눈, 코, 입을 덕팔이는 눈이 부셔 쳐다볼 수조차 없었다.

"이름은 김애순이다. 시골 생활은 낯설 테니, 잘 도와주고 친하게 지내기 바란다."

"네!"

담임선생님 말씀에 반 아이들은 교실이 떠나가게 소리쳤다.

"저기 덕팔이 옆에 가서 앉아라."

"네, 선생님."

애순이가 덕팔을 보며 생긋 웃었을 때 덕팔은 심장이 멈추는 줄 알았다. 귀밑까지 달아올라 어쩔 줄 몰라 할 때 두식이가 히쭉 웃으며 소리쳤다.

"박덕팔! 얼굴이 왜 빨개졌냐?"

그 소리에 덕팔은 얼굴이 터질 것처럼 더 시뻘게졌다. 선생님도 웃고 반 아이들도 웃음보가 터졌다.

점심시간이 되었다.

덕팔은 누런 양은도시락을 내놓았다. 그걸 보며 애순이는 싹싹하게 굴었다.

"자, 이거 먹어 봐."

얼른 불고기 한 점을 덕팔이가 들고 있는 숟가락 위에 올려주었다. 하지만 덕팔은 그게 왜 그렇게 부끄러운지 입 안에서 우물거리는 내내 얼굴이 붉어졌다.

애순이는 아무렇게 쿡쿡 눌려 있는 짠지 쪼가리를 보며 자신의 반찬통을 덕팔이 앞으로 밀었다.

"반찬 같이 먹자."

"괜찮아."

덕팔은 반찬통을 애순이에게 다시 밀며 슬쩍 보니 노릇한 계란말이가 애순이처럼 예뻤다.

"너, 어제 논두렁에서 아버지한테 혼났지?"

애순이가 생글거리며 묻자, 덕팔이의 머릿속으로 어제의 일이 스쳐 지나갔다. 너무 창피했다.

"아, 이 자식아. 머리가 그리 나쁘냐? 농사일을 한두 번 봤느

냐고? 아이고 자식아, 농사 지어서 밥 먹고 살겠냐?"

아버지 타박에 덕팔은 입을 쑥 내밀고 구시렁거렸다.

"난 농사 짓고 안 살 거다."

그 말에 아버지는 냅다 주먹으로 덕팔이 뒤통수를 쥐어박았다. 하필 그 모습을 들켰을 거란 생각에 쥐구멍을 찾고 싶었다.

그 후 덕팔은 달라졌다. 애순이에게 땀 냄새라도 풍기게 될까 봐 목욕도 자주 하고 대충 입을 헹구던 걸 그만두고 소금으로 싹싹 문질러 이를 닦았다.

두식은 농사일을 하지 않았다. 일꾼들에게 도련님 소리를 들었으며, 집안에서도 귀하게 자랐다.

"덕팔아, 네 아버지가 우리 집에 또 비료값 빌리러 왔더라."

두식은 하필이면 애순이 있는 데서 그 말을 했다. 덕팔은 창피했다.

사랑리에 장마가 왔다. 아이들은 논둑길에 서서 저 멀리 앞산에서 빗줄기가 새카맣게 몰려오는 걸 보고 있었다.

"저, 저게 뭐야?"

애순이는 잔뜩 겁먹은 표정으로 물었다. 천수는 애순이를 보고 깔깔 웃으며 소리쳤다.

"뛰자!"

"으아, 소나기 맞으면 큰일이다!"

아이들이 우르르 달렸다. 덕팔이도 애순이 뒤에 바짝 붙어 논둑길을 따라 달렸다. 마을 입구 원두막에 도착했을 때, 달콤한 참외 냄새가 코를 찔렀다.

그 순간 덕팔은 퍼뜩 꿈에서 깨어났다.

'원, 별스런 꿈을 다 꾸네.'

어느새 아침이었다.

"덕구야? 덕구야?"

눈을 뜨자마자 덕팔이, 아니 박 영감은 덕구를 불러 보았지만 집 안은 조용했다.

"아니, 이 녀석이 또……?"

박 영감은 부리나케 별장 집을 향해 뛰었다.

"이 녀석을 팔아 버리든지 해야지……."

애순 할머니는 두 눈이 똥그래져서 서 있었다. 언제 어떻게 나갔는지 메리가 잔디가 깔린 뜰에서 덕구와 어울려 놀고 있었다. 뒤늦게 애순 할머니는 호통을 쳤다.

"이 음흉한 새끼 같으니라고! 썩 돌아가지 못해?"

'멍멍! 할머니는 잠도 없어요?'

덕구는 애순 할머니를 향해 한차례 짖고는 뜰 안을 돌며 메리 곁을 떠나지 않았다. 애순 할머니는 화가 나 메리에게 소리쳤다.

"메리, 너 이리 오지 못해?"

하지만 메리는 듣는 체도 하지 않고 덕구와 이리 뛰고 저리 뛸 뿐이었다. 애순 할머니는 약이 바짝 올라 싸리 빗자루를 집어 들고는 덕구에게 휘둘렀다.

이 광경을 본 박 영감이 소리쳤다.

"아니, 이 할망구가 정신이 어떻게 됐나? 어서 문 열어!"

박 영감은 철문 손잡이를 잡고 마구 흔들었다.

담장은 쇠창살로 되어 있어서 작은 동물은 창살 사이로 드나들 수 있었다. 애순 할머니와 박 영감이 대문을 사이에 두고 입씨름을 하는 순간이었다.

'메리야, 따라와!'

덕구와 메리는 힘차게 담장을 빠져나가 도망치기 시작했다.

"저, 저……."

애순 할머니는 대문을 열고 나와 망연자실한 표정으로 덕구와 메리의 뒷모습을 지켜보았다. 박 영감도 마찬가지였다.

"기가 막혀서. 허 참!"

박 영감은 헛기침을 하며 돌아섰다.

"덕구 이놈, 들어오기만 해봐라. 작살을 내든 해야지."

애순 할머니가 고개를 돌리며 중얼거렸다.

"하여튼 그놈의 성미는 여전해. 제 버릇 개 못 주지."

그 소리에 박 영감이 휙 돌아서 맞받아쳤다.

"내 성미가 어때서? 성미 좋은 두식이는 벌써 저세상으로 갔구먼."

"뭐? 두식이가 죽었다구?"

"그래. 애순이 너, 두식이 참 좋아했지?"

"내가 무슨 개를 좋아해?"

박 영감은 자신도 모르게 불쑥 따져 물었다.

"그럼, 그때 왜 그랬어?"

"뭘?"

"개울가에서…… 돌다리 건널 때……."

애순 할머니는 아스라이 먼 기억을 끄집어 내려는 듯 커다란 두 눈을 감았다. 그리고 이내 미소를 지었다.

장마가 끝나며 개울물은 잔뜩 불었다. 징검다리는 거북이 등처럼 둥둥 떠 있는 것 같았다. 네댓 명의 아이들이 개울을 건너고 있었다. 하지만 애순이는 겁먹은 얼굴로 건널 엄두를 못 내고 서 있었다.

덕팔은 그런 애순이를 지켜보았다. 덕팔의 가슴은 가마솥에서 볶아 대는 까만 콩처럼 콩콩 튀었다. 어떻게 그런 용기를 내었는지 모른다.

"업혀라!"

덕팔은 한쪽 무릎을 땅에 대고 등을 내보였다. 애순이는 덕팔의 느닷없는 행동에 우물쭈물하며 업히려다 갑자기 등을 밀었다.

"저리 비켜!"

그러자 뒤에서 두식이가 소리쳤다.

"애순아, 내가 건너 줄게?"

"그래."

애순이는 두식이가 내민 등에 찰싹 붙어서 징검다리를 건너 갔다. 그때 덕팔은 세차게 내려가는 개울물 소리가 하나도 들 리지 않았다.

애순 할머니가 물었다.

"그 일이, 그게 그렇게 분하고 속상했어?"

박 영감은 생각만 해도 언짢다는 듯 고개를 끄덕였다.

"이듬해에 네가 아버지 따라 다시 서울 갈 때까지 서운했다. 네가 떠나는 날에도 나는 혼자 밭에다 거름만 뿌리고 있었어."

"덕팔아?"

박 영감이 말없이 애순 할머니를 바라보았다.

"네가 입고 있던 목이 늘어진 헐렁한 윗옷이 범인이었어."

"그게 무슨 말이야?"

"한쪽 어깨에 그어진 벌건 지게 자국을 보았어. 많이 아플 것 같더라. 내가 그 등에 업혀 목에 매달리면 네가 더 많이 아플 거 같았어."

"뭐, 뭐라고?"

박 영감은 멍하니 애순 할머니를 바라보았다.

어느새 징검다리가 있던 개울가에 다다랐다. 이미 징검다리는 없어지고 개울물이 흐르던 자리는 운동기구가 놓여 있는 체력 단련장이 되어 있었다.

애순 할머니는 안타까운 듯 주위를 둘러보다가 나지막이 운을 떼었다.

"나 사실 고생 많이 했어. 혼자 몸으로 자식들 키우느라 뼈가 다 녹아 버렸지. 하지만 평생 힘이 되어 준 게 있어."

"그게 뭔대?"

애순 할머니는 방그레 웃으며 말했다.

"네 등. 단단하고 암팡졌지. 너의 여린 어깨에 그어진 지게 자국은 나에게 힘든 나날을 버티게 해 준 희망이었어."

박 영감은 머리를 긁적이며 해맑게 웃었다.

"내가 볼품 없고 농사나 짓는 가난뱅이라 싫어 한 줄 알았는데……."

그때 멀리서 덕구와 메리의 짖는 소리가 들렸다.

"내 저놈을 그냥!"

박 영감은 서먹한 분위기를 애먼 덕구 탓으로 돌렸다. 애순 할머니도 투덜거렸다.

"곱게 키워 놓았더니 그새 나를 배신해? 메리 요걸 그냥!"

어느새 해님은 노을을 뿌리며 앞산 뒤로 숨어 들었다. 노을 속에서 그 옛날 어린 시절로 돌아간 박 영감과 애순 할머니, 아니 덕팔과 애순은 환하게 웃으며 들길을 걸었다.

"덕구야, 네 말이 맞았어. 사실 저 별장 내 집 아니야. 나 여기가 그리웠어. 오고 싶었지만 달리 방법이 없었지. 그러다 우연히 별장 지켜주는 노인네를 한 명 구한다는 걸 알았어."

"그랬구나."

"응. 그래서 이렇게 운 좋게 내려올 수 있었던 거야."

"자식들은 순순히 가라고 했어?"

"혹 떼어 내는 것처럼 좋아하더라고. 두말도 안 하더라고."

"뭐?"

둘은 허리를 잡고 웃어 젖혔다. 한참을 웃다가 박 영감이 조금은 쓸쓸하게 말했다.

"나도 농사를 혼자 짓고 있잖아. 일손 놓으면 뭘 하겠어."

산들바람은 애순이와 덕팔이를 부드럽게 감싸 주다 살살 밀어 주었다. 메리와 덕구도 신나게 짖어 대며 그 뒤를 따라갔다.

아직도 팽나무는 서 있지?

정오를 넘겼을 무렵 이삿짐을 실은 트럭 한 대가 아파트 정문으로 들어섰다. 이번에도 새로 이사 온 가족은 내가 전혀 모르는 낯선 얼굴들이었다.

'분명히 나를 잊었어!'

금세 힘이 쑥 빠지며 온 뿌리 끝이 아려왔다. 슬픔이 몸 전체를 도는 것처럼 마디마디가 저렸다. 대나무 속처럼 빈 마음에는 쓸쓸한 바람이 일었다.

그때 어디선가 까치 한 마리가 날아들었다. 까치는 잠깐 내 주위를 맴돌더니 어디론지 날아가 버렸다.

'아, 저렇게 하늘을 날 수 있다면 얼마나 좋을까. 내가 그들을 찾아다닐 수 있을 텐데⋯⋯.'

초여름이 가까이 오자 나는 변함없이 새순을 키우며 꽃망울을 터트렸다. 마음 같아서는 단 한 송이도 피고 싶지 않았지만 어쩔 수 없었다.

　오늘은 유난히 나의 몸이 햇살을 받아 반짝인다. 하지만 사랑받지 못하는 처지가 한심스러워 저절로 푸념이 나왔다.

　'이렇게 살아서 무얼 해. 초라한 꼴이란……'

　슬픈 마음은 억센 그물이 되었다. 그물은 나의 몸을 덮쳐 버렸다. 틈새로 파란 하늘은 보이는데, 숨을 쉴 수가 없었다.

　'어서 행복했던 시절을 기억해야 해.'

　그러자 점차 환한 빛이 퍼지며 저 언덕 위에 우뚝 서 있는 내가 보였다.

　힘차게 뻗은 나뭇가지들은 찬란했다. 깊은 땅속에 박혀 있는 뿌리 끝에서 나뭇가지의 작은 잎눈 꽃눈 하나하나에까지 생기가 넘쳤다.

'그래, 바로 저 모습이야!'

나는 당당했던 지난 시절을 떠올리며 겨우 숨을 내쉴 수 있었다.

어느새 땅거미가 짙어지며 밤이 찾아왔다. 별 한 개 보이지 않는 밤하늘을 올려 보고 있으니 불현듯 불행이 시작된 그날이 떠올랐다.

'안 돼! 기억하고 싶지 않아.'

진저리쳤지만 벌써 괴물 같은 포크레인들이 땅을 울리며 달려들었다.

몇 년 전, 재개발이라는 이름으로 소박한 사람들이 모여 살고 있었던 산동네가 삽시간에 사라졌다. 나 혼자 허허벌판에 오똑하게 남겨졌다는 사실을 믿을 수가 없었다.

밤마다 슬픔이 복받쳤다. 낮에는 땅을 뚫어 대는 끔찍한 쇳소리에 몸서리를 쳐야 했다. 잔뿌리들이 잘려나갈 때는 너무 아파서 그만 쓰러져 울고 싶었다.

'조금만 참고 기다리면 돼. 우리는 옛날처럼 다시 모여서 행복하게 살 수 있을 거야.'

드디어 아파트단지가 들어섰다. 까마득하게 높은 아파트 앞에 상가 건물이 줄줄이 지어졌다. 사람들은 가족과 함께 혹은

새 가정을 꾸리기 위해 모여들었다. 그런데 내 친구들은 오지 않았다.

'이 언덕배기에서 내가 기다리고 있는 것을 모르는 걸까?'

비탈진 골목길 끄트머리에서 돌계단 몇 개를 밟고 올라서면 넓은 언덕이 펼쳐졌다. 산동네 아이들은 학교에서 돌아오면 이곳에 모여서 해가 질 때까지 뛰어놀았다. 언덕배기는 놀이터였고, 거기에 서 있는 나는 아이들에게 가장 친한 친구였다.

빵빵 빠앙……!

갑자기 울리는 자동차 소리에 퍼뜩 정신을 차렸다. 젊은 여자가 운전석에 앉아서 무서운 눈초리로 나를 노려보았다.

"이런 쓸모없는 나무는 당장 베어 버려야 하는데, 도대체 관리를 어떻게 하는 거야. 이래서야 아파트 가격이 올라가겠어?"

여자는 잰걸음으로 관리사무소를 향해 갔다. 그 광경을 보고 있자니 정말 주눅이 들어 이 큰 몸을 어디다 감춰야 할지 알 수 없었다. 하긴 재개발로 아파트가 지어질 때, 이미 나는 없어질 운명이었다.

"이 팽나무는 잘라 버려야 합니다. 바로 이 자리가 아파트 정문이 되거든요. 아파트 입구에 이렇게 큰 나무가 서 있으면 거치적거리고 보기에도 좋지 않습니다. 나중에 분명히 아파트 가격에도 영향을 받을 거란 말입니다."

"우린 아파트 가격 같은 건 상관없소."

건설회사에서 나온 현장소장의 말에 산동네 사람들은 물러서지 않았다.

"팽나무를 베다니? 절대로 안 돼요. 이 팽나무는 우리 동네 지킴이요. 그냥 나무가 아니란 말이오."

비탈진 계단 옆, 파란 대문 집에 살던 박 씨 아저씨는 얼굴이 벌게져 목청을 높였다. 그러고는 밤을 새워 구청장에게 보내는 탄원서를 썼다.

이렇게 해서 나는 죽을 고비를 넘기고 살아날 수 있었다.

'내 친구 박 씨가 아니었으면……!'

그러다 울컥 화가 치밀어 올랐다.

'친구는 무슨 친구! 친구라면 나를 보러 벌써 와야 하잖아?'

오늘은 손님이 찾아들었다. 며칠 전 내 주위를 돌다 날아갔던 까치였다.

"조금 쉬었다 가도 되지요?"

"물론이지. 어서 오렴."

"지난번에도 느꼈지만 향기가 정말 좋아요."

"그게 무슨 소용이겠니. 아파트에 사는 사람들은 나를 싫어하는데……."

"기다리다 보면 좋은 일이 있을 거예요."

그 말은 위로가 되었다. 아직도 내 마음은 실낱 같은 희망을 품고 있었나 보다.

그날 밤에도 꿈을 꾸었다. 행복한 나무였던 시절이다. 나뭇가지들은 하나같이 꽃잎으로 탐스러웠다. 아이들의 노랫소리도 들렸다.

"얘들아, 얼마나 보고 싶었다고."

나는 꿈인 줄 알면서도 반가워서 소리쳤다. 개구쟁이들은 이마와 콧잔등에 송골송골 땀방울을 달고 나의 밑동에 매달렸다. 서너 명의 아이들은 낮게 뻗은 곁가지에 새까만 맨발을 흔들며 걸터앉아 있었다. 그런데 한 소녀만이 혼자 서 있었다. 수연이었다.

"얘야, 어서 오렴. 내가 친구가 돼 줄게."

수연이는 수줍음이 많아서 늘 외톨이었다. 그때 멀리서 두런 거리는 소리가 들렸다.

나는 퍼뜩 꿈에서 깨어났다. 어느새 아침이었다. 내 앞을 서성거리는 관리소 직원들이 보였다.

"진짜 오래된 나무인데 말이야."

아파트 소장이 나를 훑어보며 중얼거렸다.

"아파트 주민들이 민원을 많이 넣고 있어요. 어휴, 귀찮아 죽겠습니다."

관리소 직원이 잔뜩 얼굴을 찌푸리며 여러 소리를 해 댔다. 그의 한 손에는 무지막지한 전기톱이 들려 있었다. 시퍼런 날이 빛을 받아 번들거렸다.

소장은 할 수 없다는 듯이 고개를 끄덕였다.

"구청에 보고해서 베어 버리든지, 어서 결단을 내려야겠어."

"소장님, 이번 기회에 없애 버려야 합니다. 그래야 주민들이 여러 소리를 하지 않을 겁니다."

"자네 말이 맞아. 정말 이 나무는 골칫덩어리야!"

직원은 나에게 이쪽저쪽으로 전기톱을 들이대는 시늉을 해 가며 으름장을 놓았다.

"그냥 오늘이라도 확 잘라 버릴까요?"

그들은 머리를 맞대고 수군거리며 나를 베어 버릴 궁리를 했다.

'그렇군! 이것이 나의 운명이었어.'

나는 떠나가 오지 않는 친구들을 수없이 원망하고 또 원망했다. 이제 스스로 말라버릴 것이라 맹세하며 마음의 문에 굳게 빗장을 채워 버렸다.

'내가 세상에서 없어지는 그 순간을, 내 몸이 조각조각 부서지는 그날을 과연 누가 기억해 줄까?'

나에게는 그저 베어질 날만 남아 있을 뿐이었다.

어느 날이다. 메아리 같은 소리가 들려왔다.

"허허! 동네가 몰라보게 발전했네. 참 좋아졌어!"

'이 목소리는······?'

순식간에 굳었던 마음이 스르르 풀렸다. 온 나뭇가지가 생명을 얻은 것처럼 꿈틀거렸다. 나는 번쩍 두 눈을 떴다. 환한 빛 속에 박 씨 아저씨가 서 있었다.

"잘 있었는가, 친구?"

그가 성큼 다가와 나를 부둥켜안았다. 그 순간 내 몸에 뻗어 있는 나뭇가지들이 몽땅 하늘로 솟구치는 줄만 알았다. 하지

만 날아갈 것 같은 기쁨도 잠시였다.

나는 화가 났다.

'친구라고? 이제야 와서 친구라고? 차라리 끝까지 오지 말지 그랬나?'

그런데 고개를 끄덕이는 박 씨 아저씨의 눈가에 언뜻 이슬이 맺혀 있었다.

"너는 옛 모습 그대로구나!"

박 씨 아저씨는 나를 두 눈에 담아 가려는 것처럼 보고 또 보았다. 그때 저만치 수연이와 수연이 엄마가 함께 오고 있었다. 수연이 엄마는 함빡 웃으며 박 씨 아저씨에게 인사를 했다.

"잘 지내셨어요?"

"나야 늘 똑같지. 그동안 잘 지냈지요?"

그들은 지나간 이야기로 꽃을 피웠다. 수연이 엄마가 생각났다는 듯이 말했다.

"골목길 입구에서 세탁소 하던 성태네도 진작에 아파트를 팔아서 저 변두리 끝자락 어디에다 상가를 샀대요."

"아주 잘했구먼. 나는 아파트 판 돈 이래저래 다 쓰고, 작년에 막내 녀석 장가 보내고 나니 손에 남은 게 없어요."

"그러면 됐지요. 정말 큰일 하셨어요."

"막내까지 짝을 지어 주니 마음은 편해요."

문득 수연이 엄마가 새삼 놀랍다는 듯 반듯하게 정돈된 주위를 살펴보았다.

"몰라보게 변했어요."

"변하다 뿐인가요. 아주 확 바뀌었지. 이렇게 개발이 되었는데 원래 토박이들은 얼마 들어와 살지도 못하고 죄다 뿔뿔이 흩어졌으니……."

"열심히 살아도 왜 이렇게 사는 게 힘든지 모르겠어요."

수연이 엄마의 넋두리에 박 씨 아저씨는 고개를 끄덕였다. 나는 친구들이 돌아올 수 없었던 사실을 이제야 알게 되었다.

"그래도 이 팽나무가 남아 있어서 다행이에요."

수연이 엄마는 나를 바라보며 옛 추억에 빠졌다.

"지금도 그 시절을 생각하면 행복해요. 세끼 밥 먹으면 걱정이 없었잖아요. 낮이고 밤이고 이 팽나무 밑에 모여 앉아 음식을 나눠 먹고 밤새도록 이야기도 나눴어요."

"푸하하하하…… 그랬지요."

박 씨 아저씨가 너털웃음을 터트렸다. 지난날을 떠올리는 것만으로도 그 얼굴에 햇살 같은 미소가 퍼졌다.

"오늘 누구 누구가 온답니까?"

"다들 온대요. 제각각 흩어져 살고 있어서 한꺼번에 모이는 것이 쉬운 일은 아닌데도 연락을 하니까 반가워하더군요.."

"와야지요, 당연히 와야지요 우리가 다 고향 친구들 아닙니까?"

수연이 엄마가 조심스럽게 박 씨 아저씨의 안색을 살피며 말했다.

"치료 열심히 받으세요."

나는 그들의 이야기를 들으며 내 친구 박 씨가 치료하기 힘

든 병에 시달려 왔으며, 이제 얼마 살지 못한다는 것을 알았다. 수연이 엄마가 나지막이 말했다.

"사는 게 고단해도 우리가 오늘 이렇게 팽나무 아래서 만날 수 있다는 게 어디예요."

그때 수연이가 나를 올려다보며 가슴 깊이 숨을 들이마셨다. 그리고 지저귀는 새처럼 말했다.

"아, 내 고향 냄새!"

'수연아, 내가 너의 고향이었니?'

그제야 깨달았다. 나는 더없이 귀한 존재였고 저들의 가슴 속에 항상 기억되고 있었다는 것을……

'내 몸이 베어진다 해도 이제 정말 괜찮아!'

나는 힘껏 나뭇가지를 흔들어 꽃잎 몇 장을 떨어트렸다.

"팽나무는 향기가 은은해서 좋아."

수연이의 환한 웃음을 보고 나도 시름을 잊고 행복에 젖었다.